KB274991

천천히
걷는
사람들

천천히
걷는
사람들

김희영 원작 / 류정희 그림

도서출판담다

천천히 걷는 사람들

초판	1쇄 발행 2025년 11월 10일
원작	김희영
그림	류정희
펴낸이	김수영

경영지원	최이정 · 박성주	**마케팅**	박지윤 · 여원
브랜딩	박선영 · 장윤희	**교정.교열**	김민지
편집디자인	(주)예진		

펴낸 곳 담다
출판등록 제25100-2018-2호 (2018년 1월 9일)
주소 대구광역시 달서구 문화회관길 165, 대구출판산업지원센터 402호

이메일 damdanuri@naver.com
인스타 @damda_book
블로그 blog.naver.com/damdanuri

ISBN 979-11-89784-68-3 (03810)

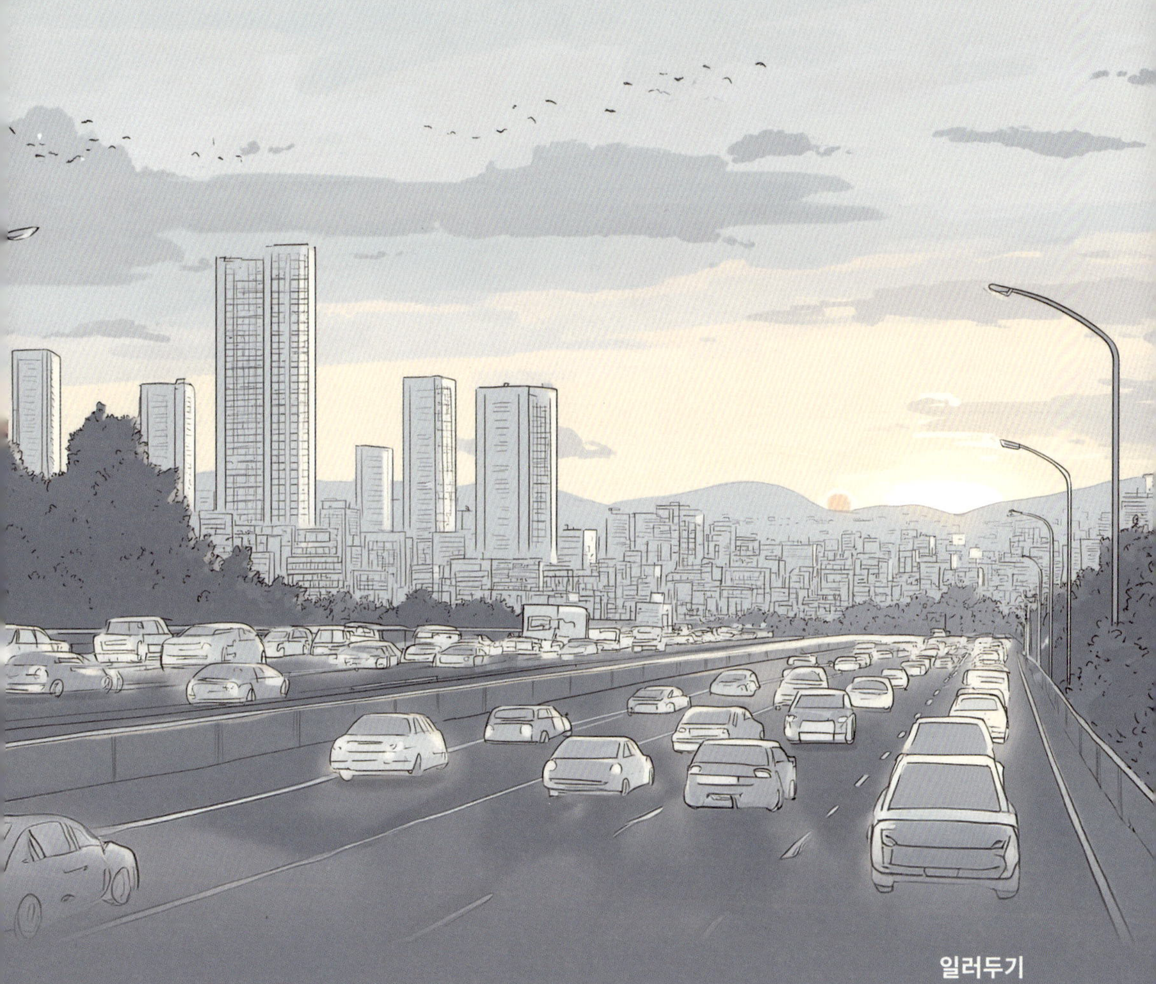

행복은 누군가에게 보여주는 게 아니라
스스로 선택하고 느끼는 것이다.

일러두기
이 책은 원작 「언터치 육아(담다, 2024)」의 일부를 그래픽노블로 완성한 작품입니다.

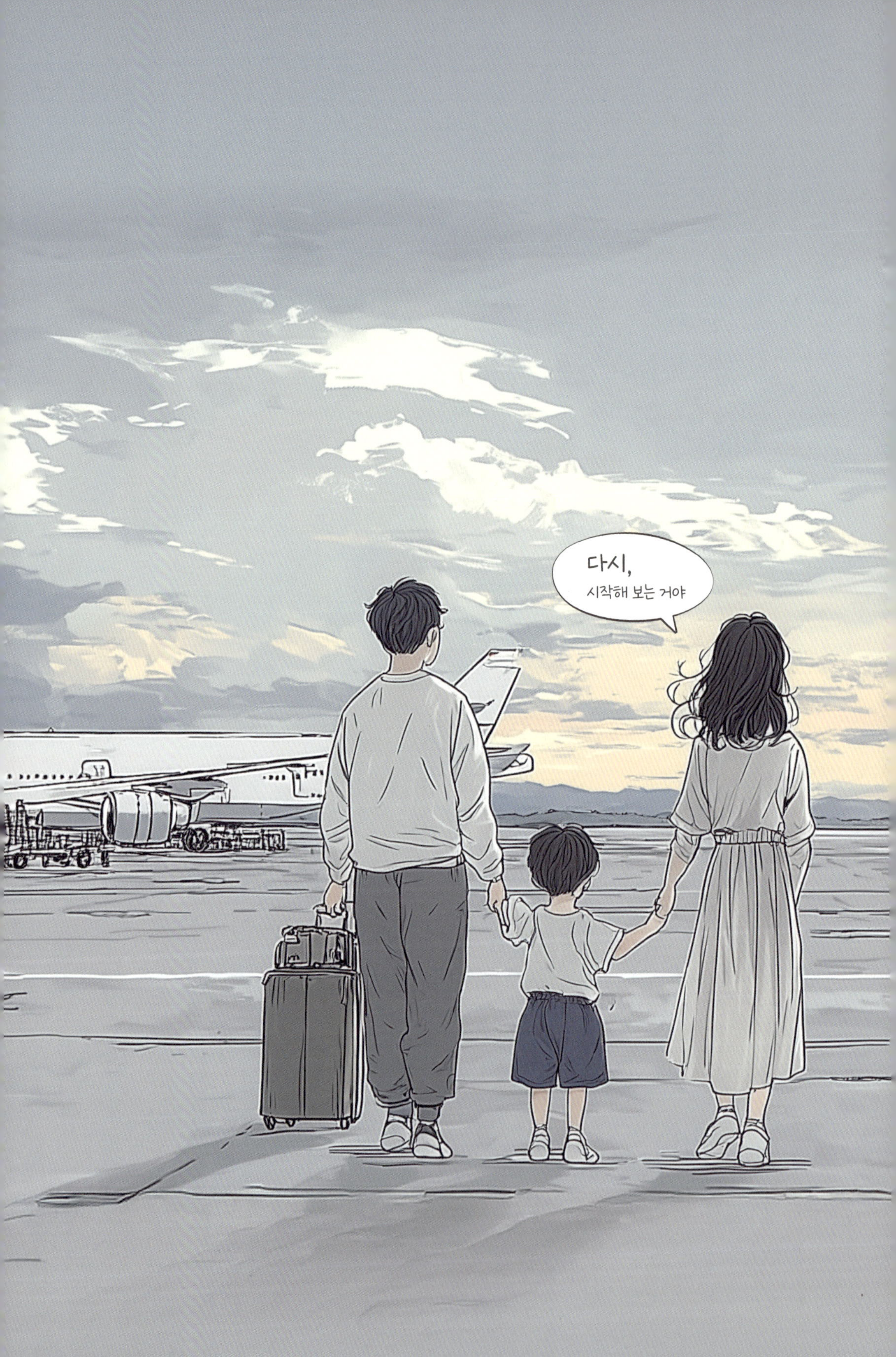
다시,
시작해 보는 거야

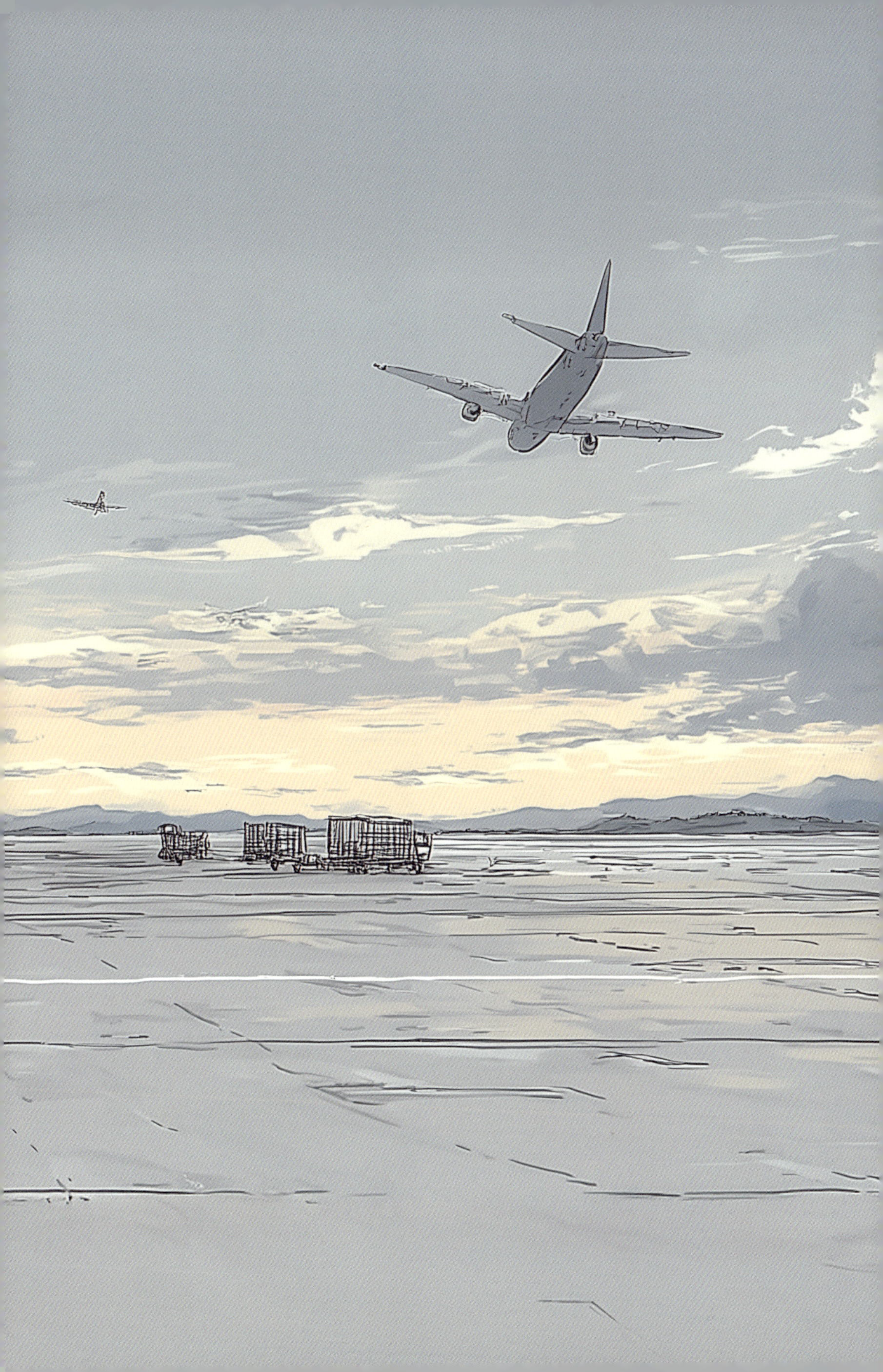

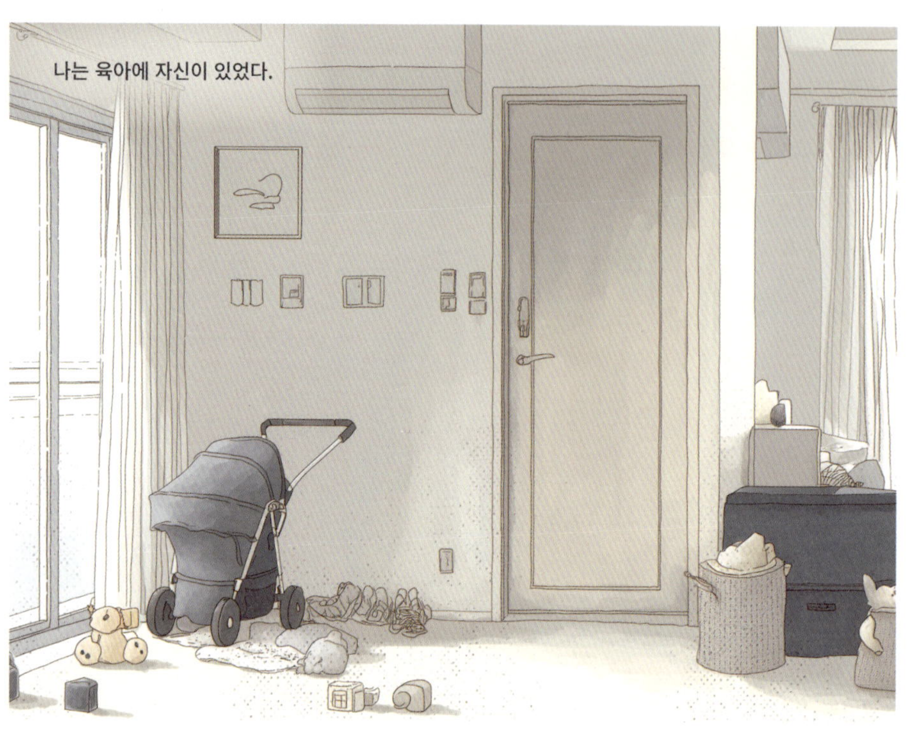
나는 육아에 자신이 있었다.

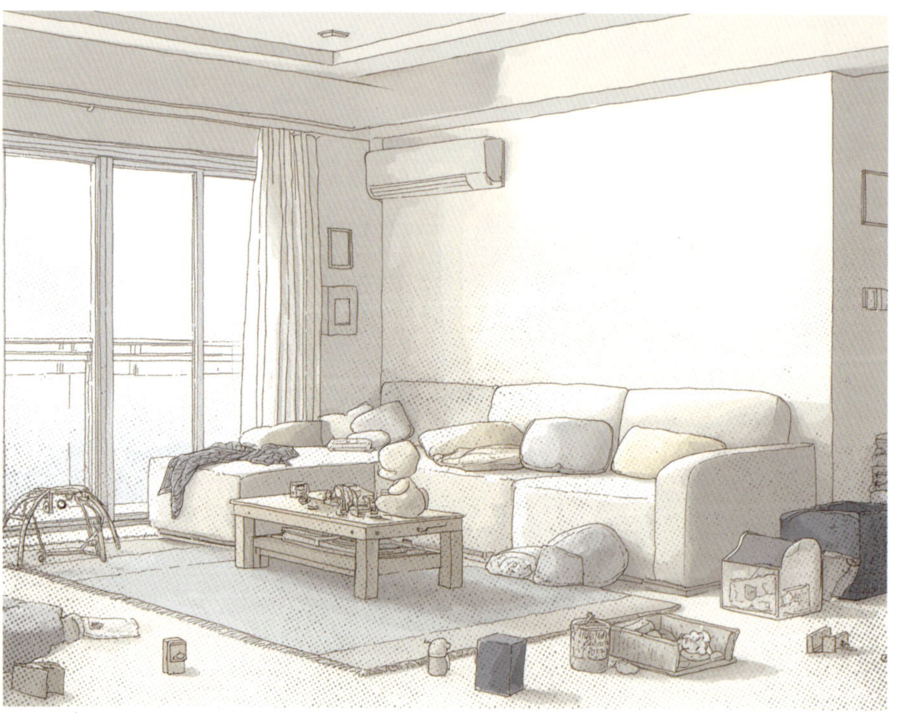

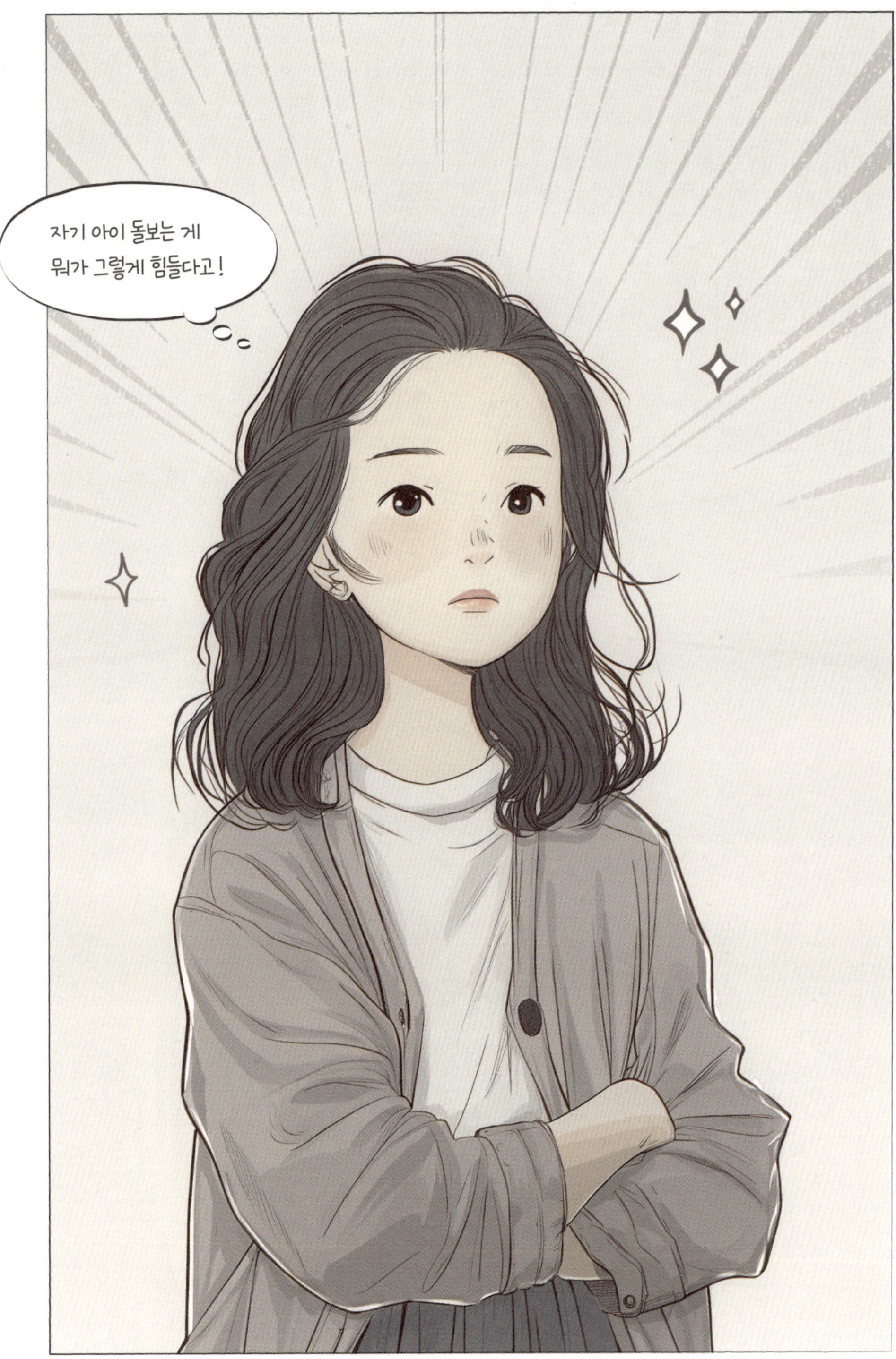
자기 아이 돌보는 게
뭐가 그렇게 힘들다고!

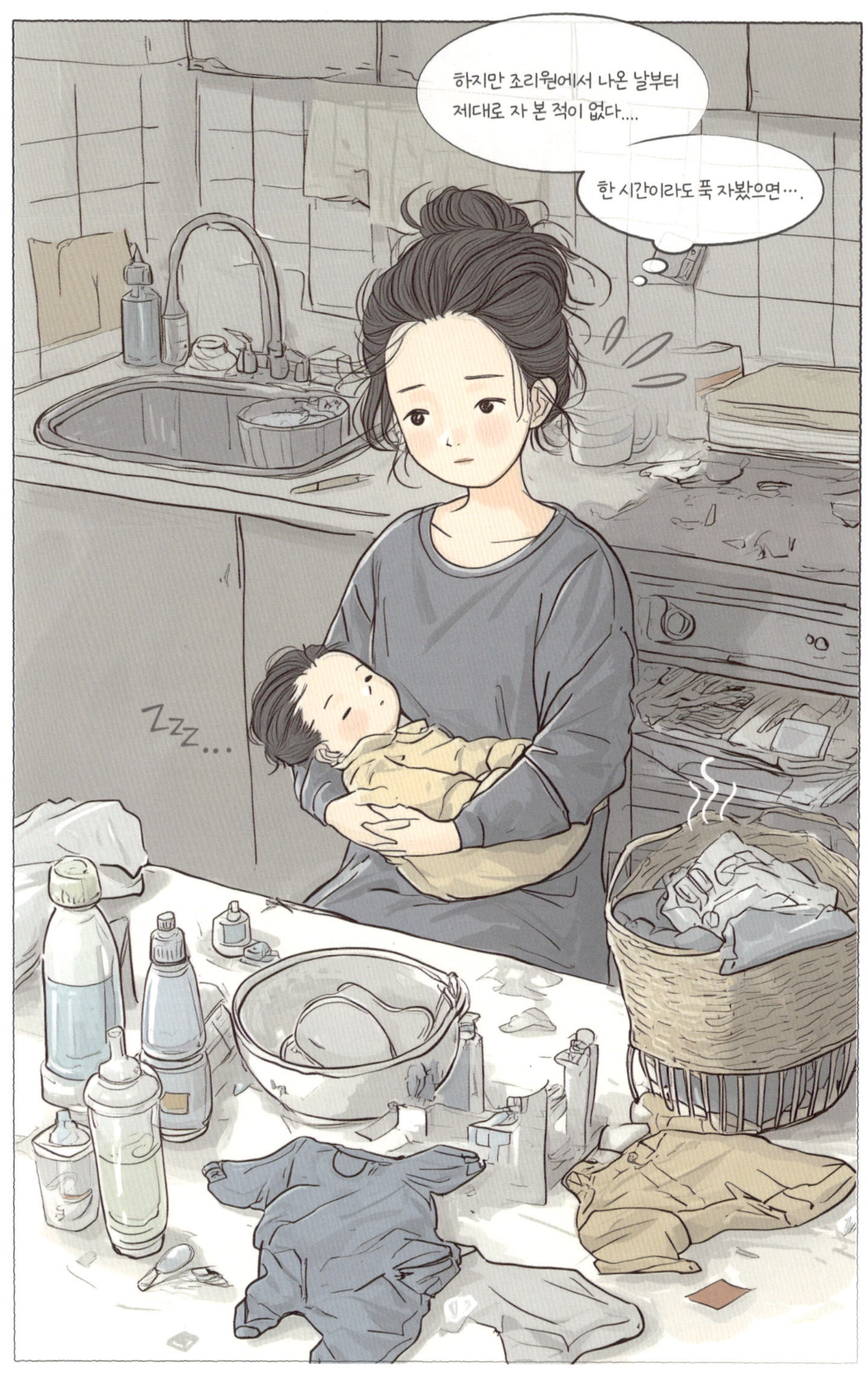
하지만 조리원에서 나온 날부터
제대로 자 본 적이 없다….

한 시간이라도 푹 자봤으면….

ZZZ…

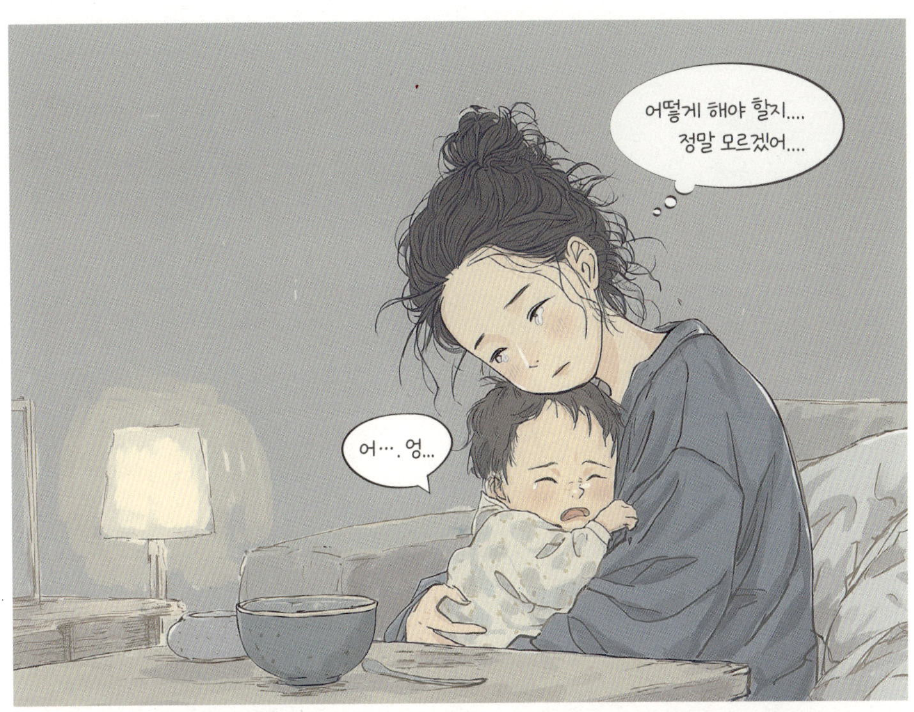

어떻게 해야 할지.... 정말 모르겠어....
어…. 엉…

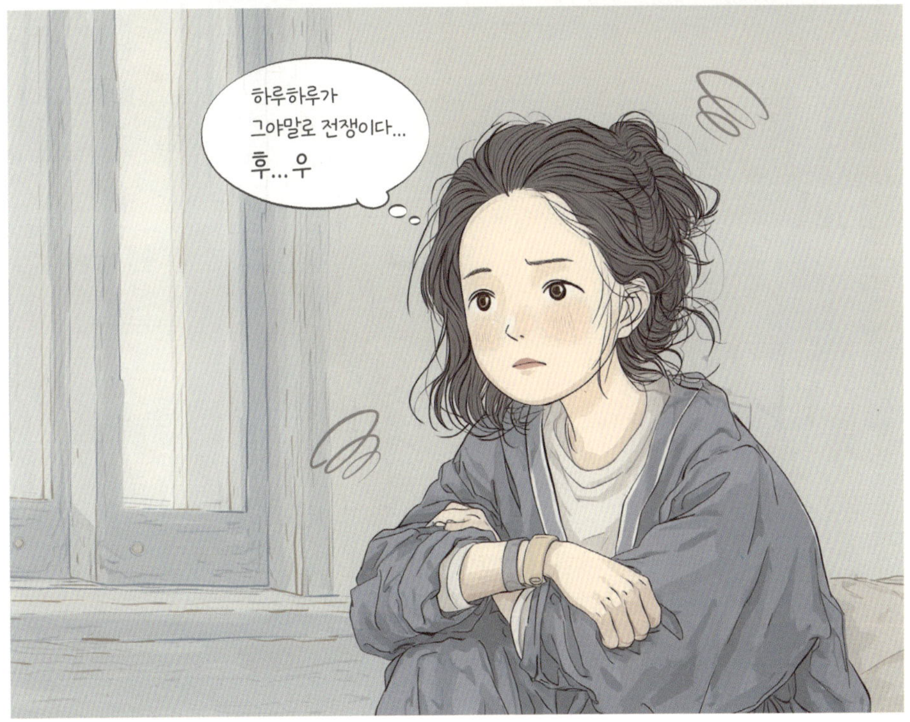

하루하루가 그야말로 전쟁이다... 후...우

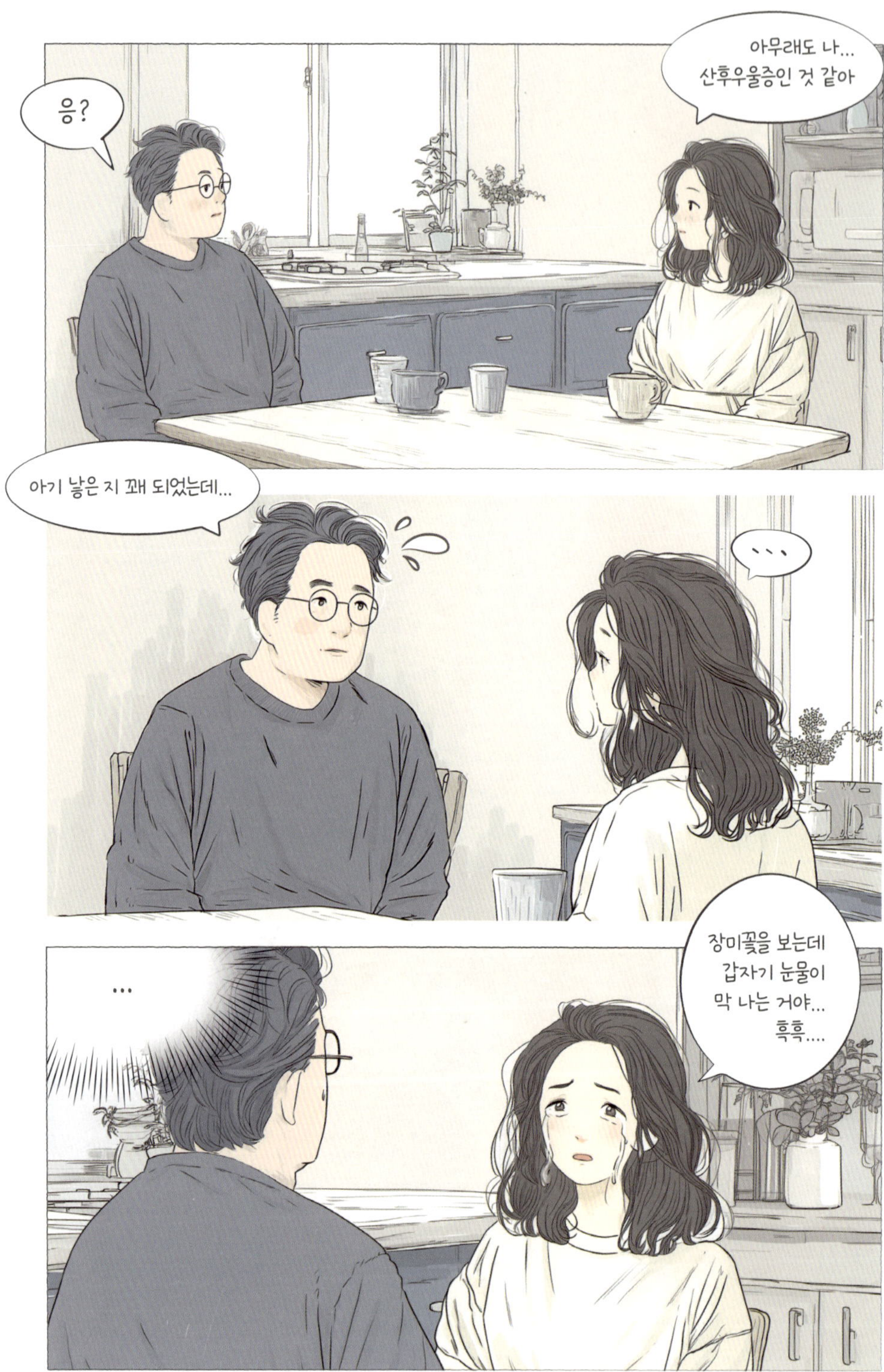

12

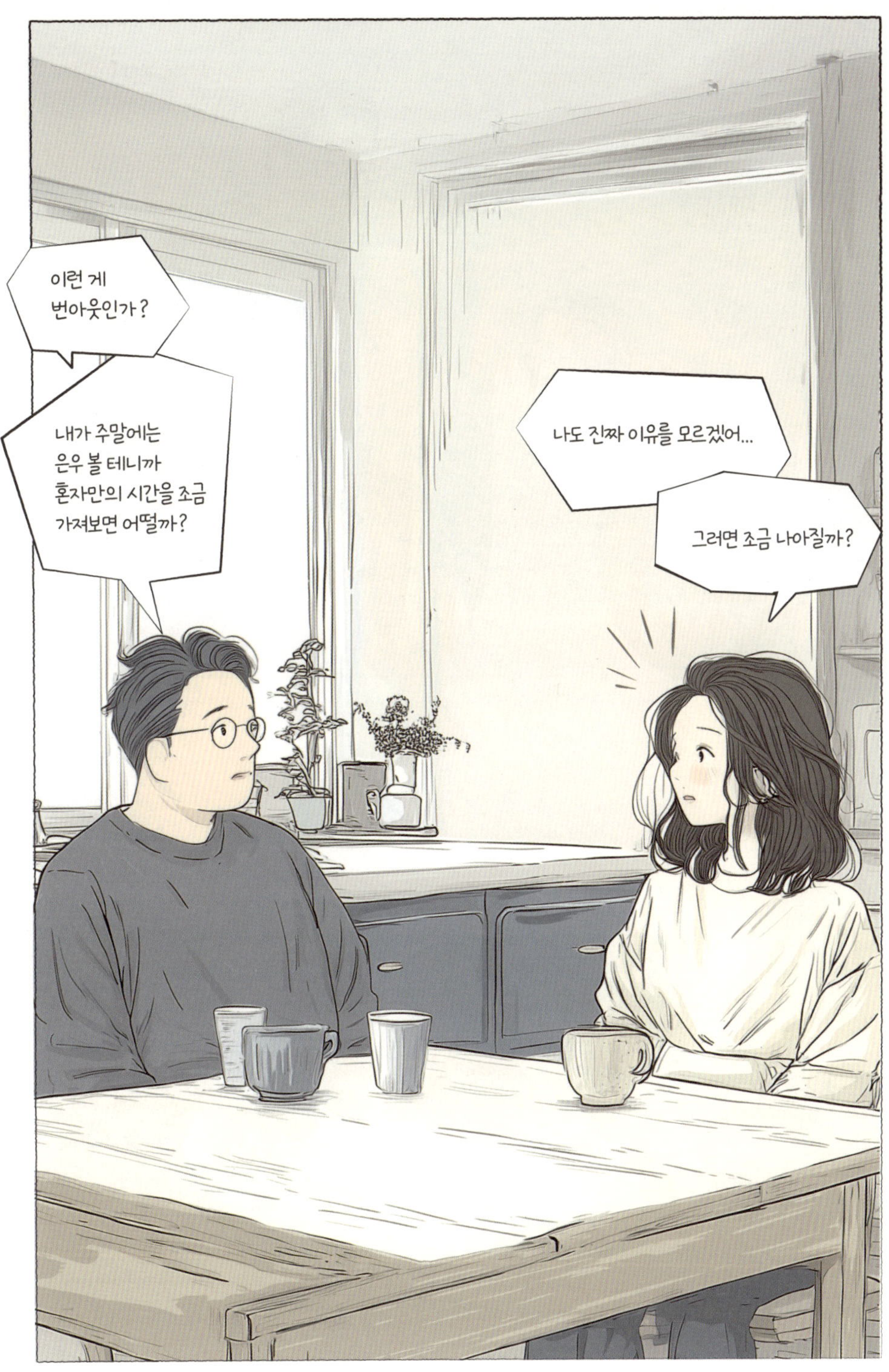
이런 게
번아웃인가?
내가 주말에는
은우 볼 테니까
혼자만의 시간을 조금
가져보면 어떨까?
나도 진짜 이유를 모르겠어...
그러면 조금 나아질까?

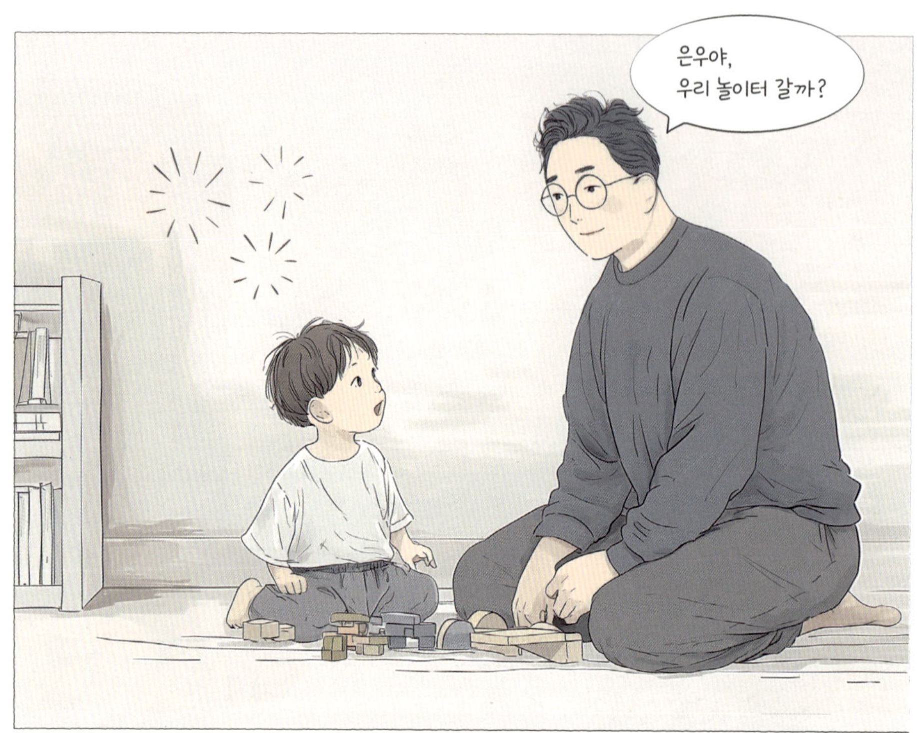

은우야,
우리 놀이터 갈까?

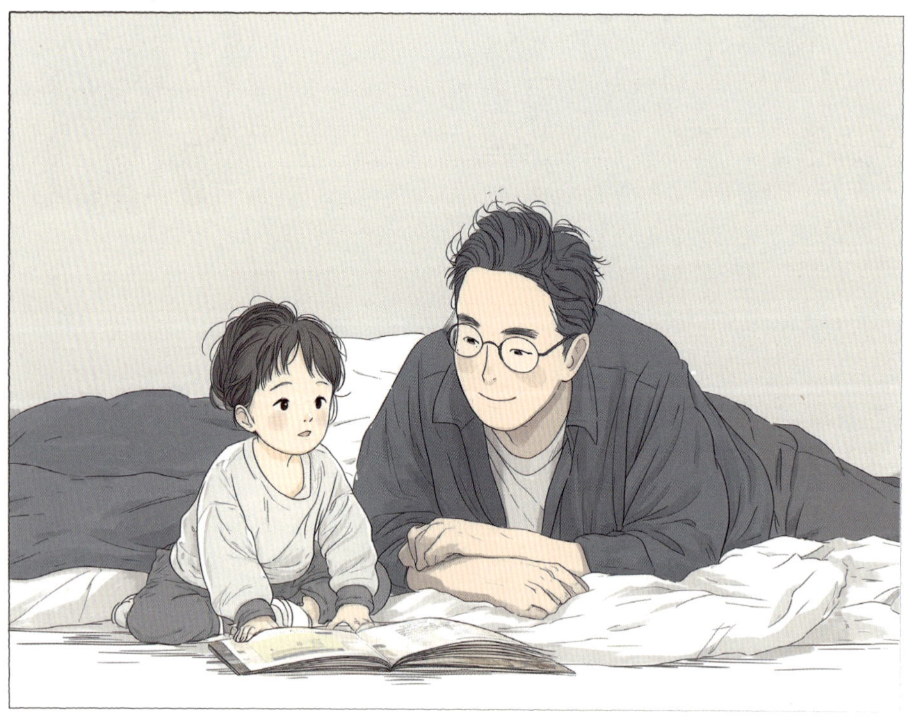

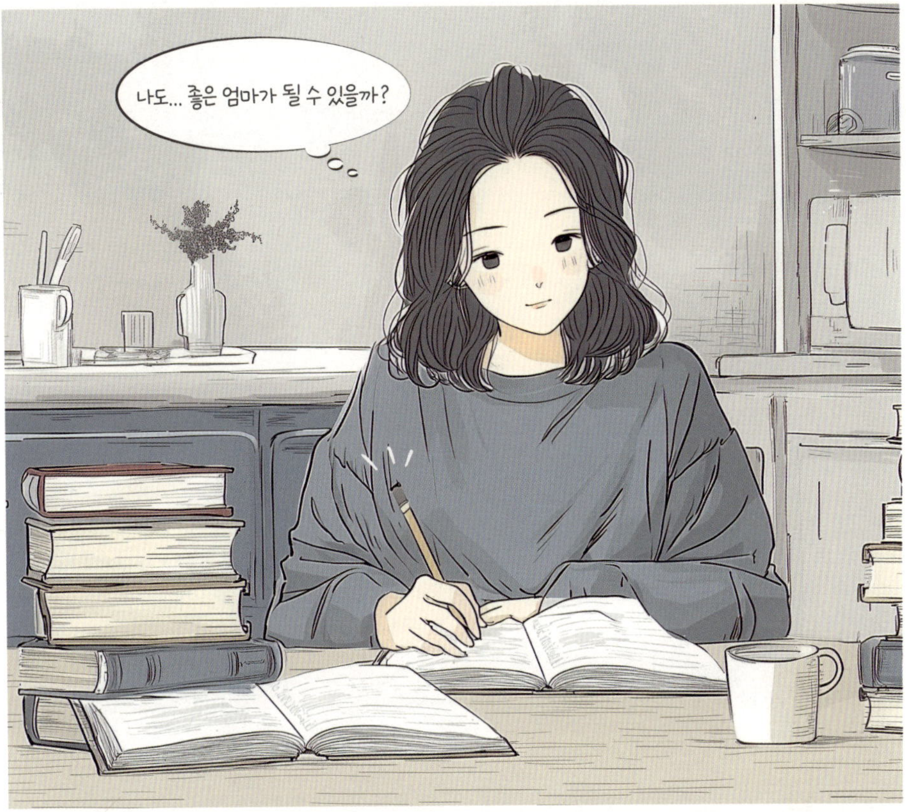

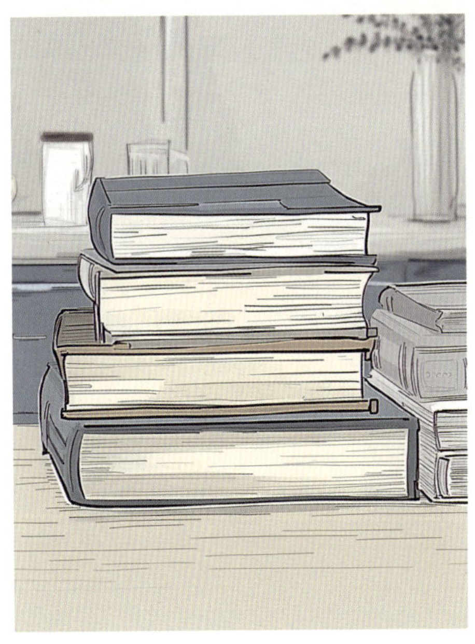
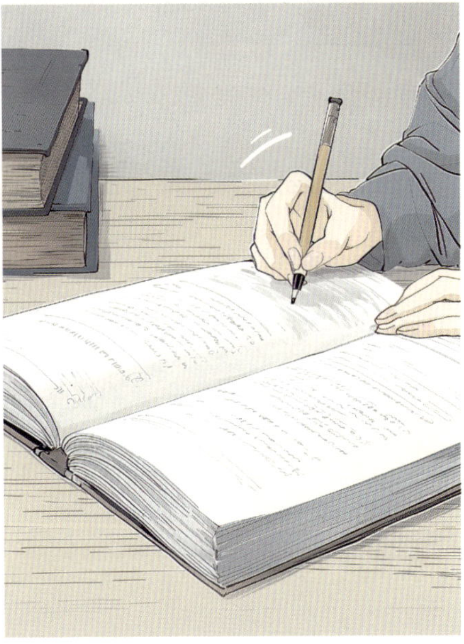

나도... 좋은 엄마가 될 수 있을까?

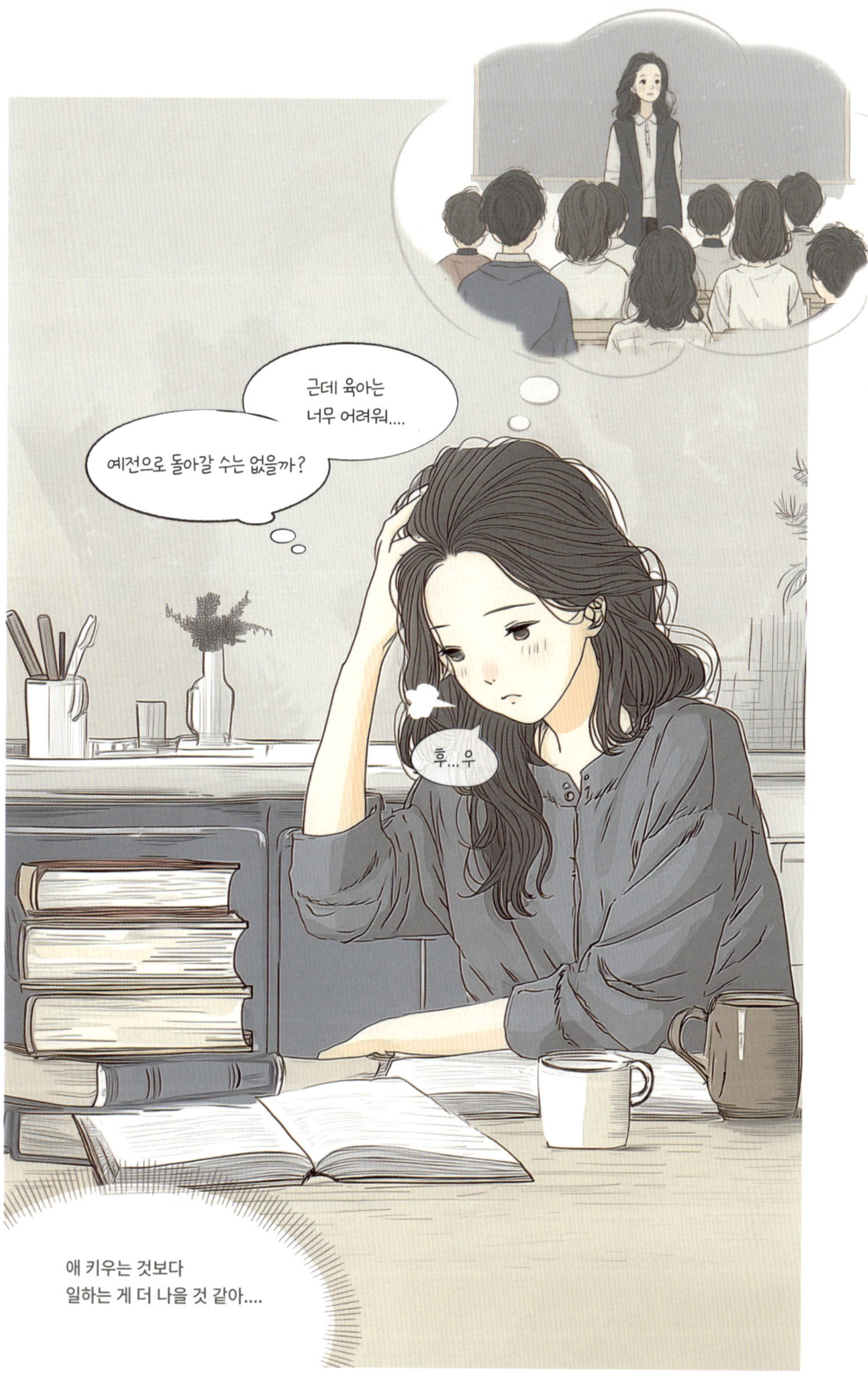
근데 육아는
너무 어려워....
예전으로 돌아갈 수는 없을까?
후...우
애 키우는 것보다
일하는 게 더 나을 것 같아....

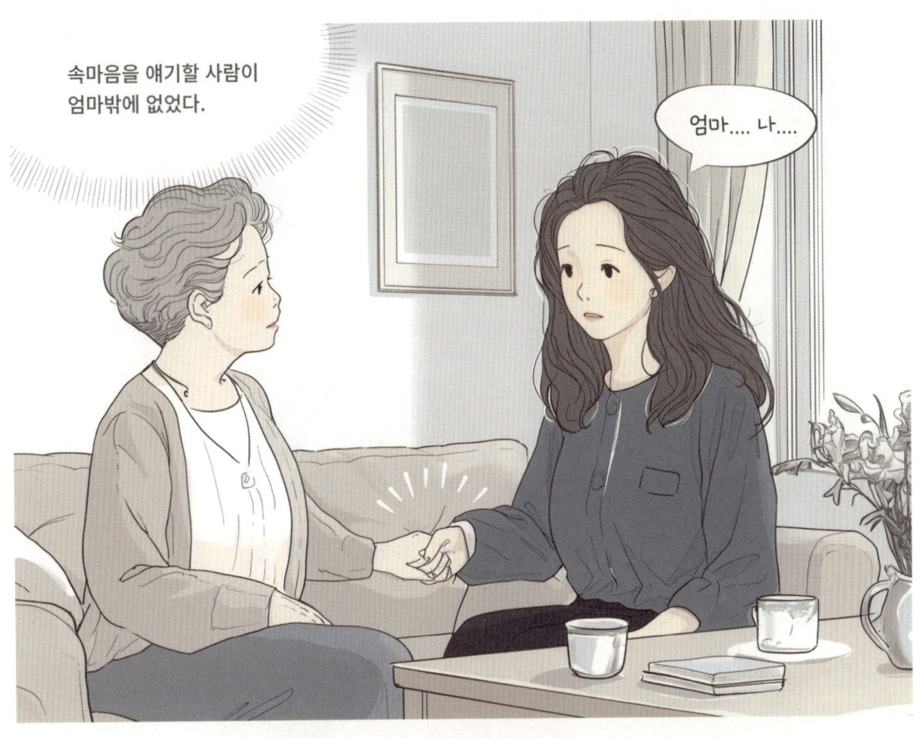

속마음을 얘기할 사람이
엄마밖에 없었다.
엄마.... 나....

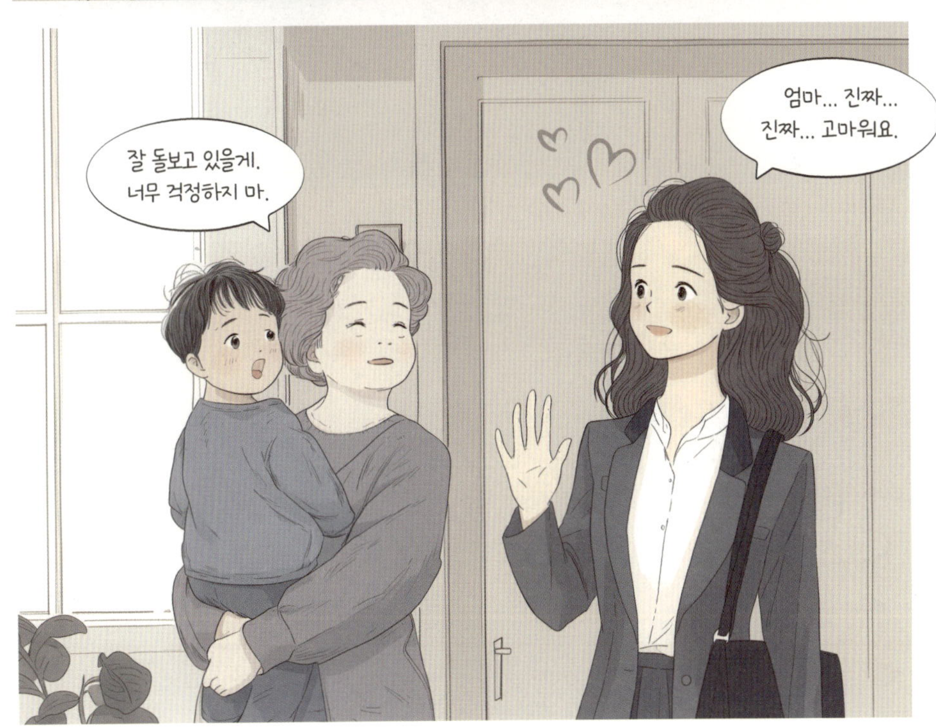

잘 돌보고 있을게.
너무 걱정하지 마.
엄마... 진짜...
진짜... 고마워요.

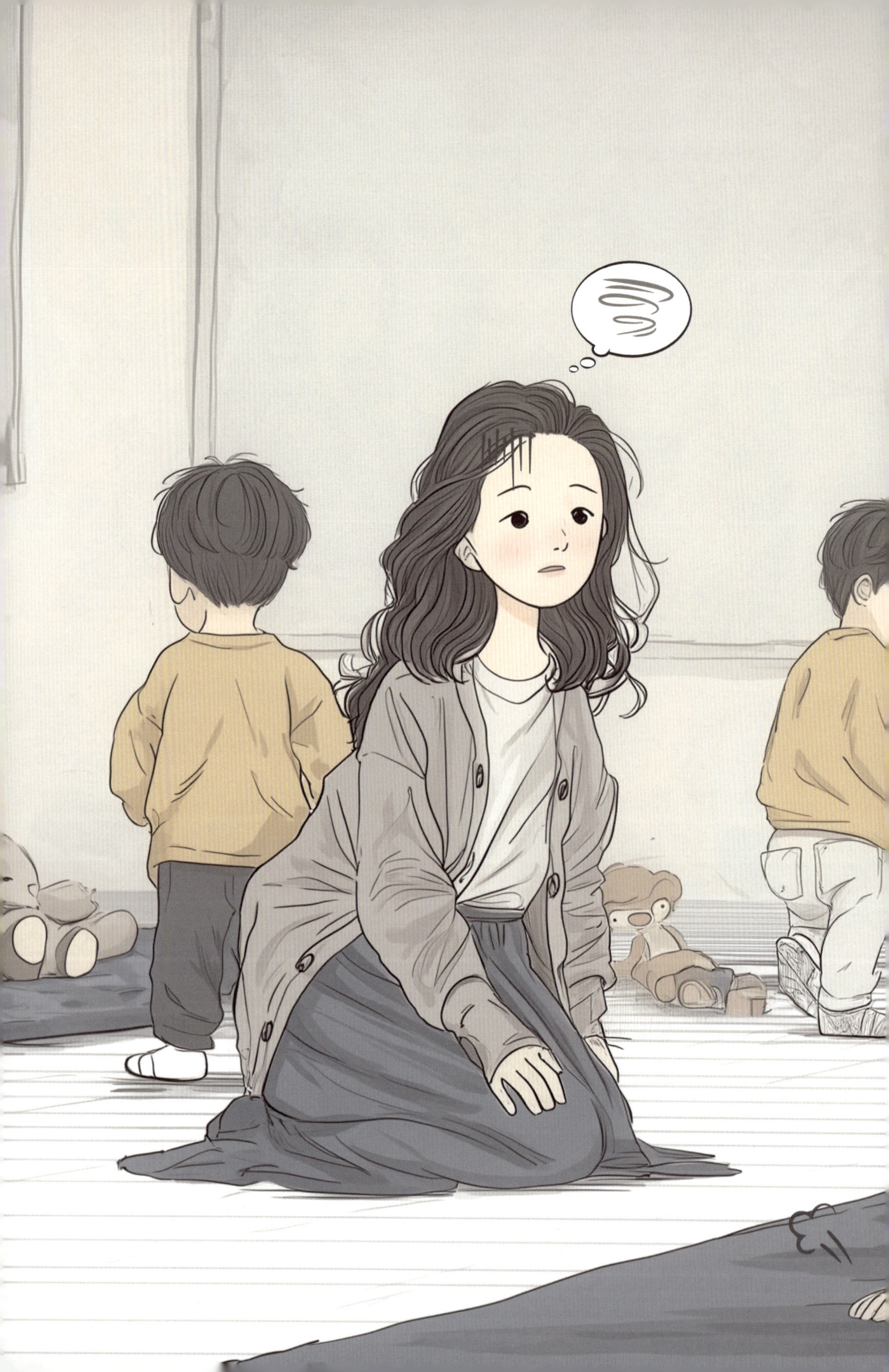

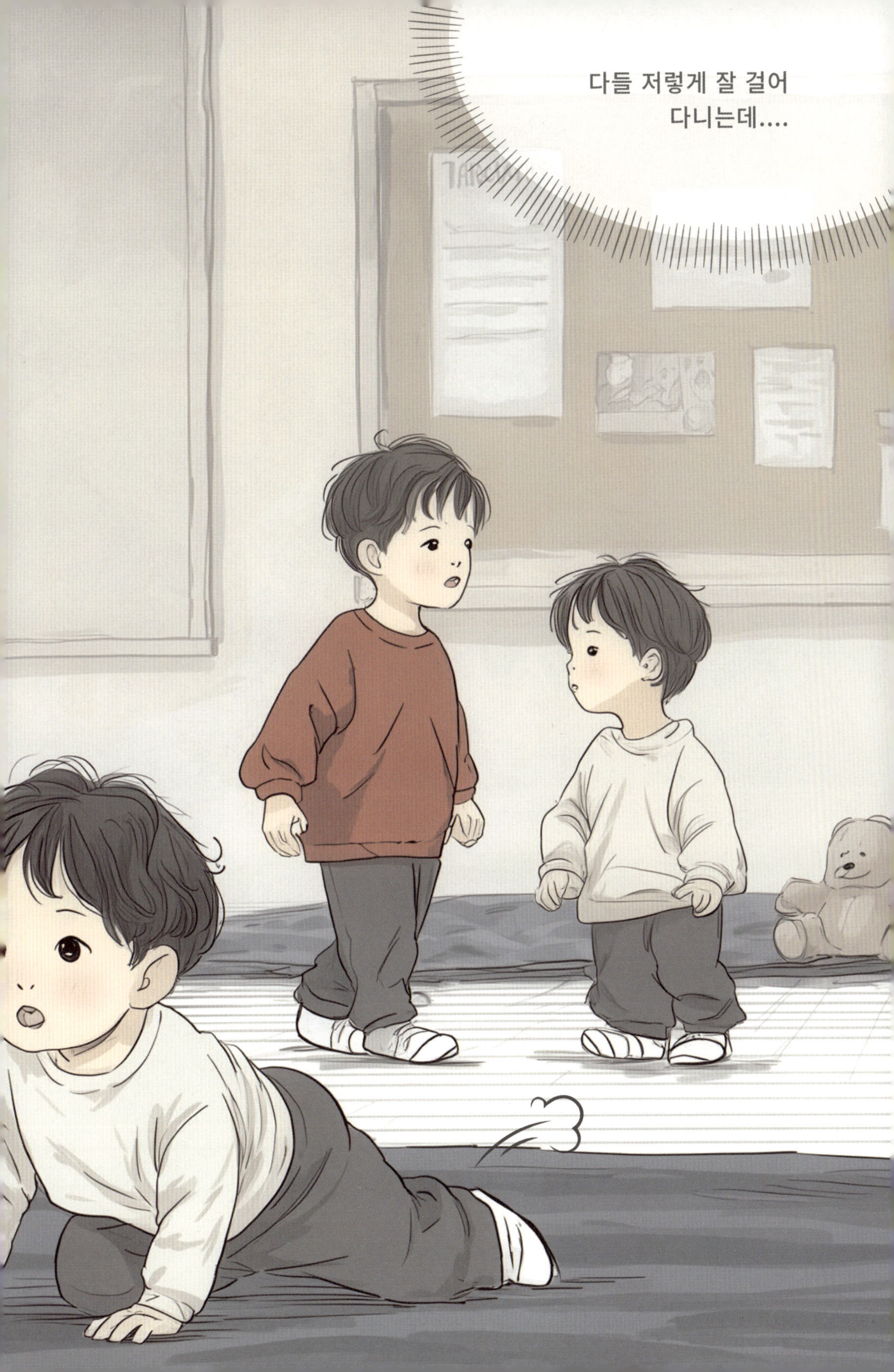
다들 저렇게 잘 걸어
다니는데....

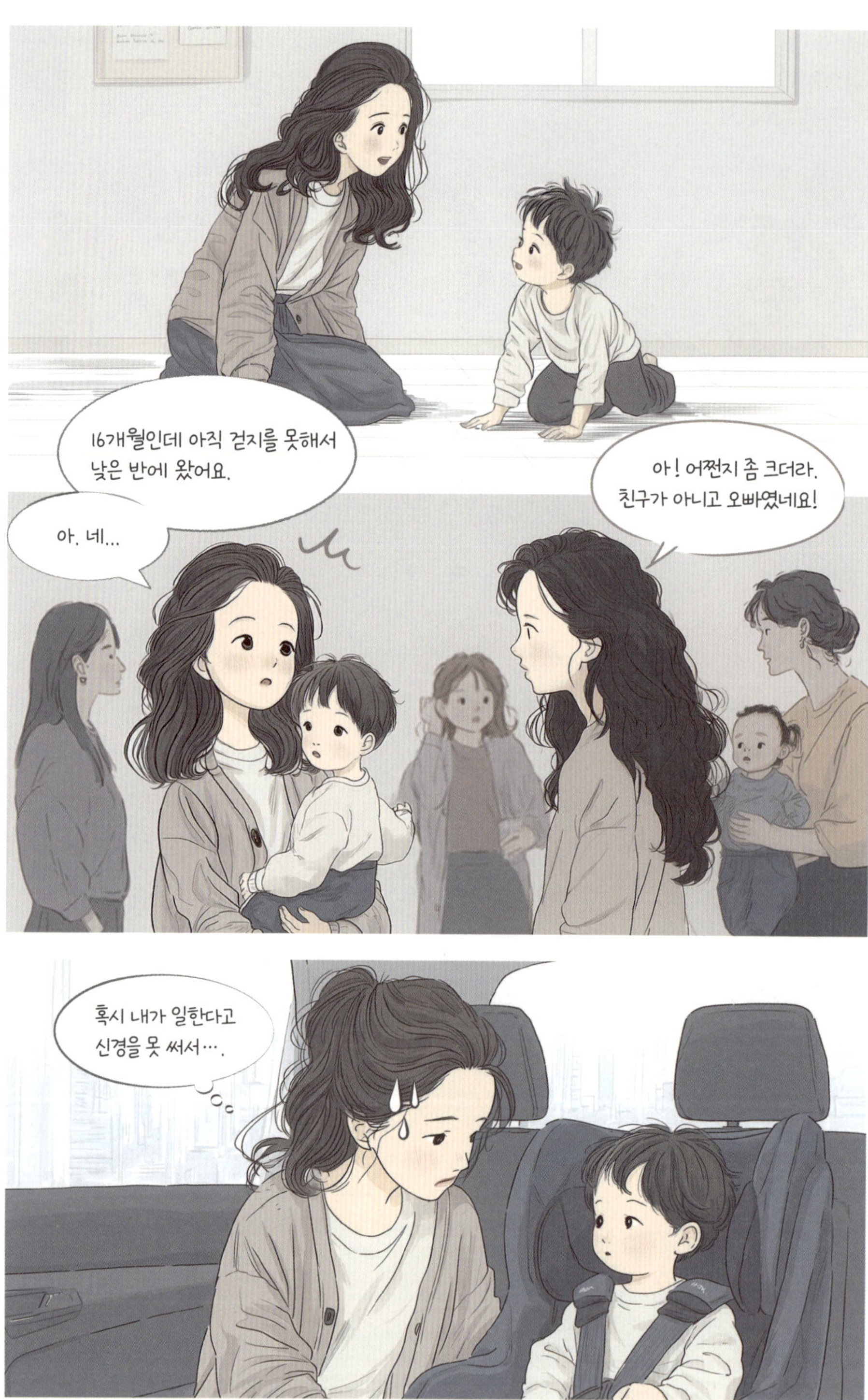
16개월인데 아직 걷지를 못해서 낮은 반에 왔어요.
아. 네...
아! 어쩐지 좀 크더라. 친구가 아니고 오빠였네요!
혹시 내가 일한다고 신경을 못 써서….

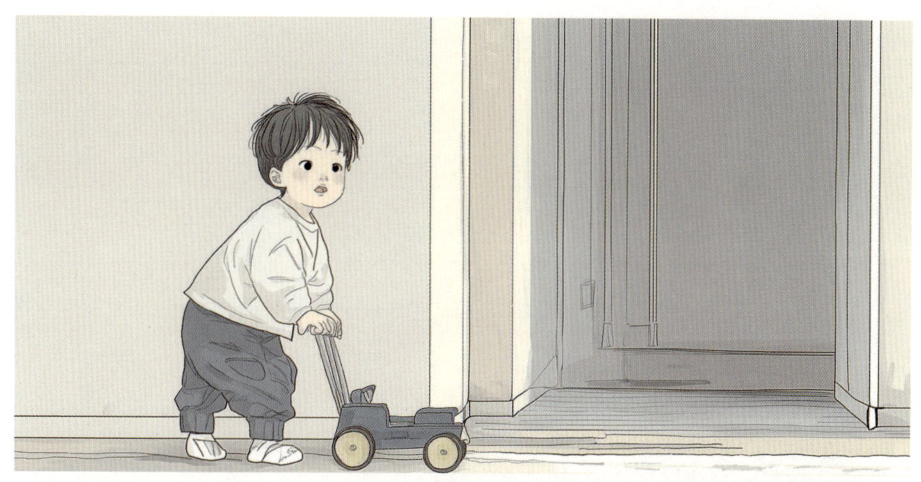

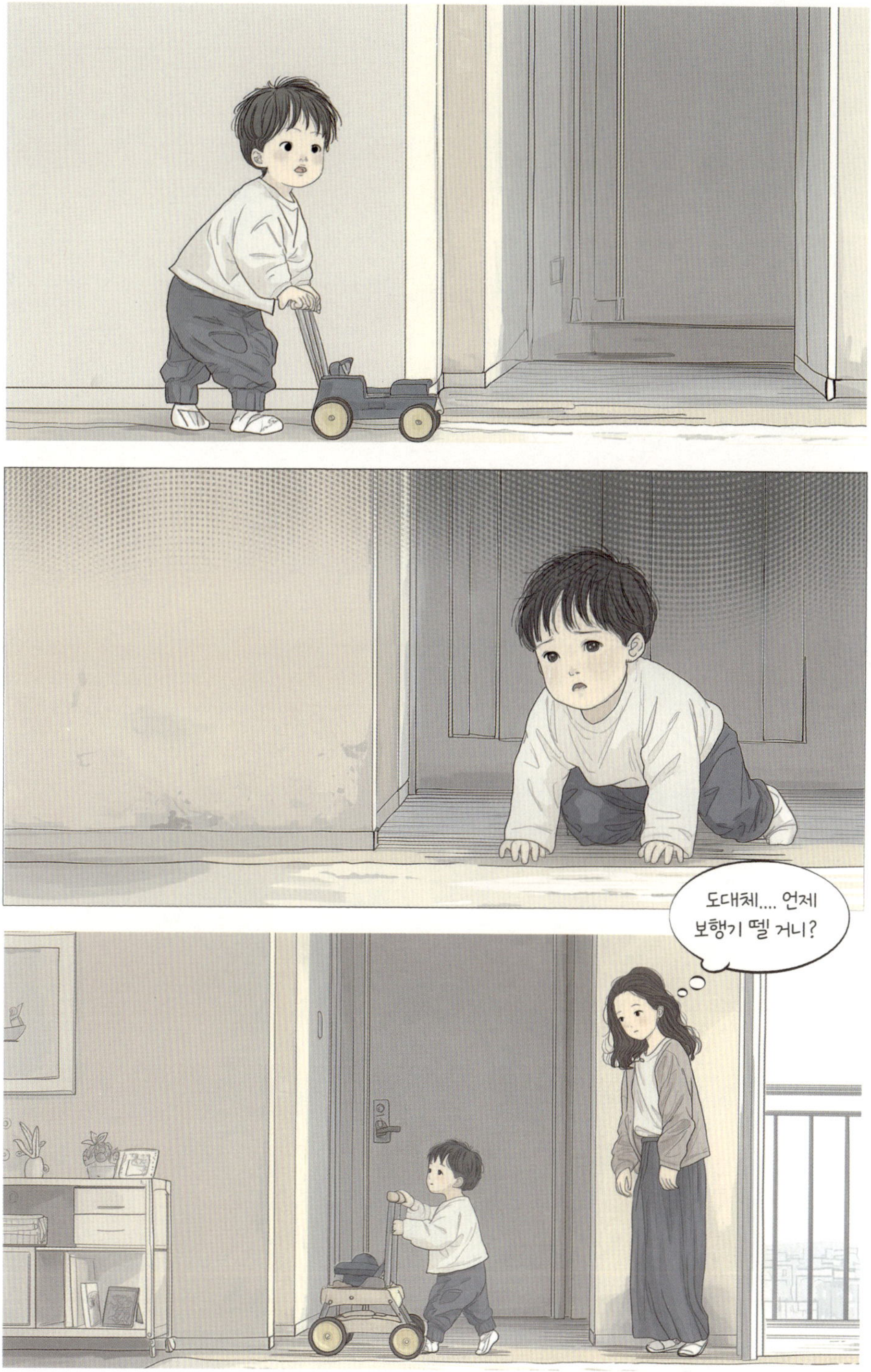

21

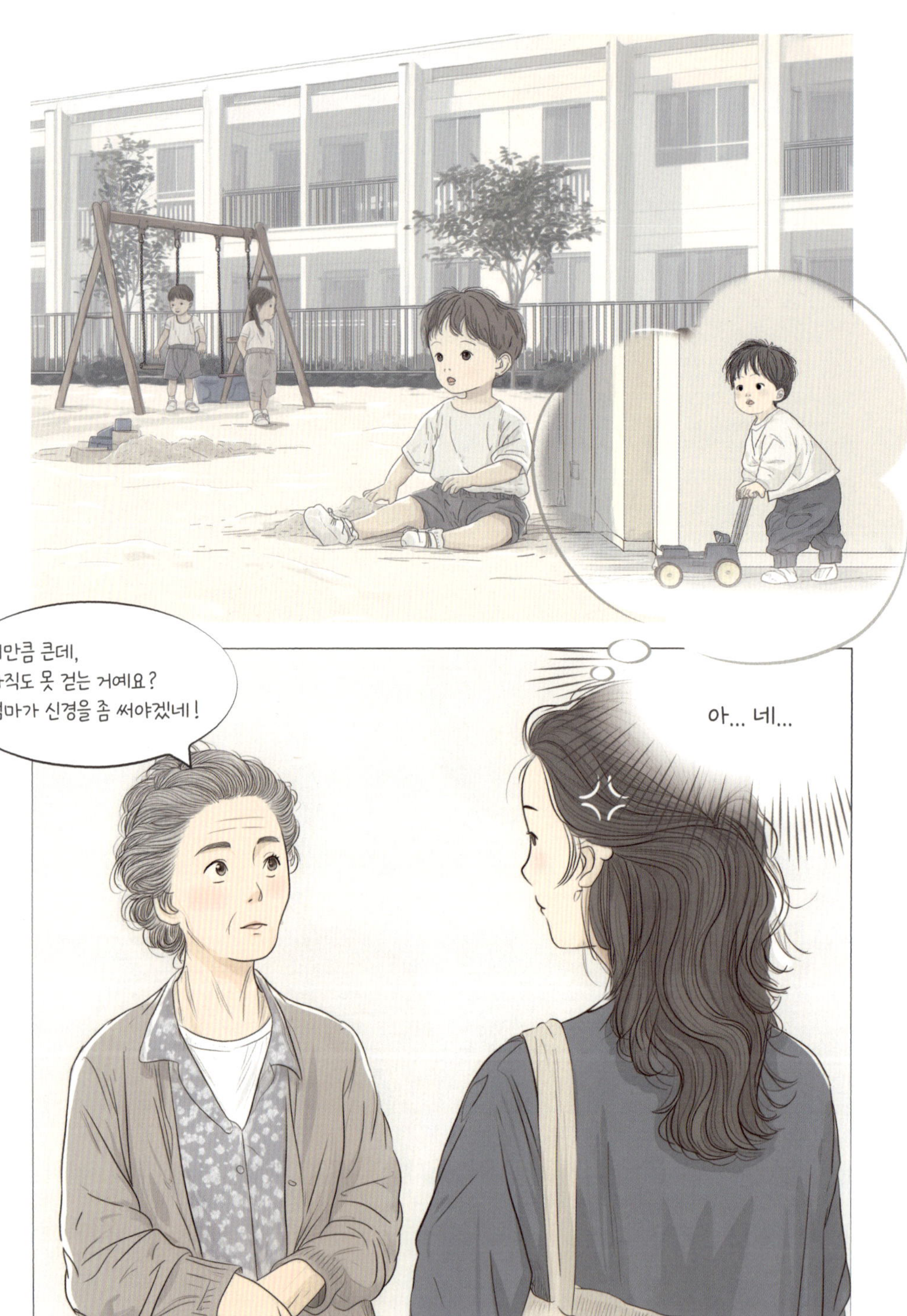
이만큼 큰데,
아직도 못 걷는 거예요?
엄마가 신경을 좀 써야겠네!
아... 네...

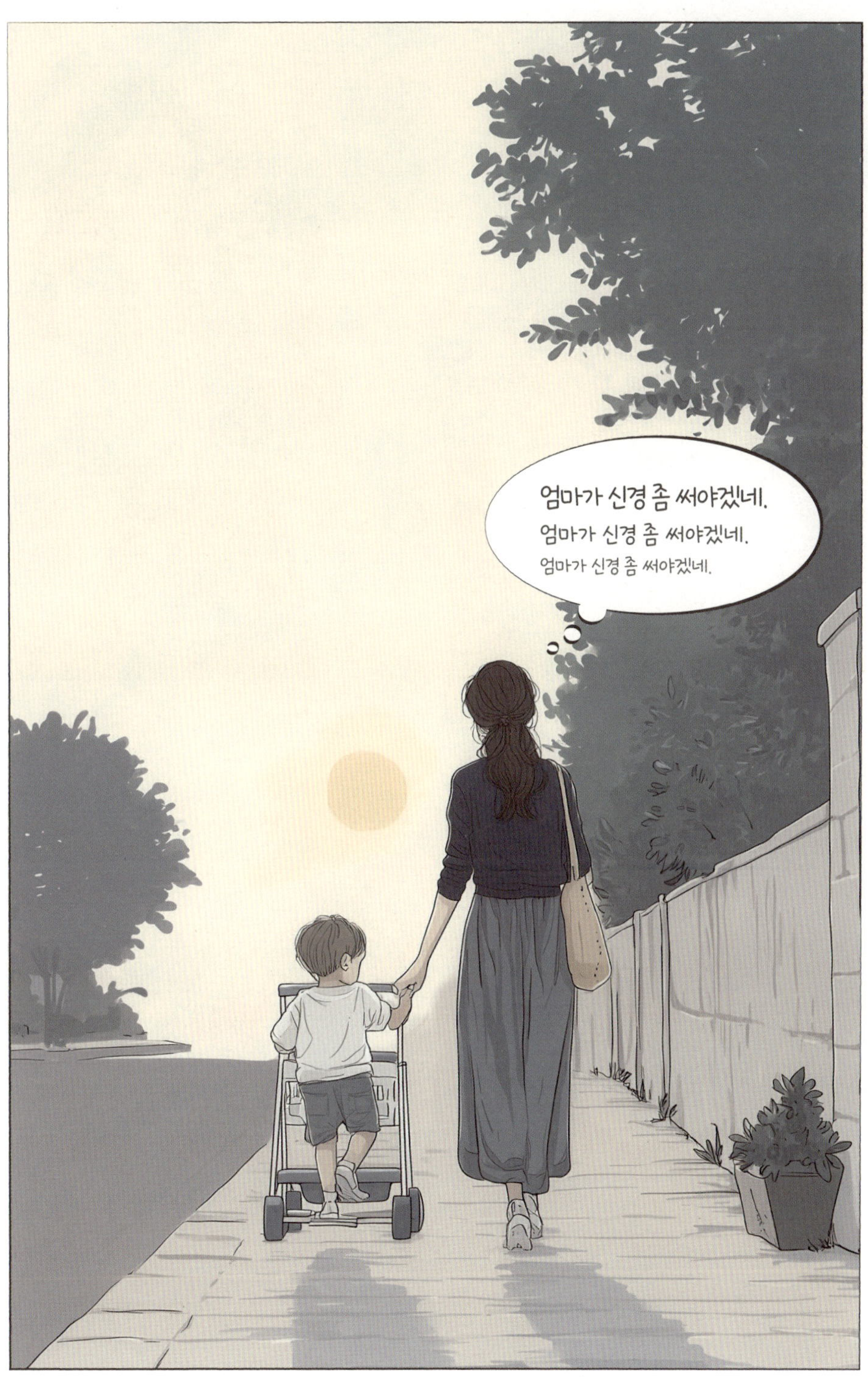

엄마가 신경 좀 써야겠네.
엄마가 신경 좀 써야겠네.
엄마가 신경 좀 써야겠네.

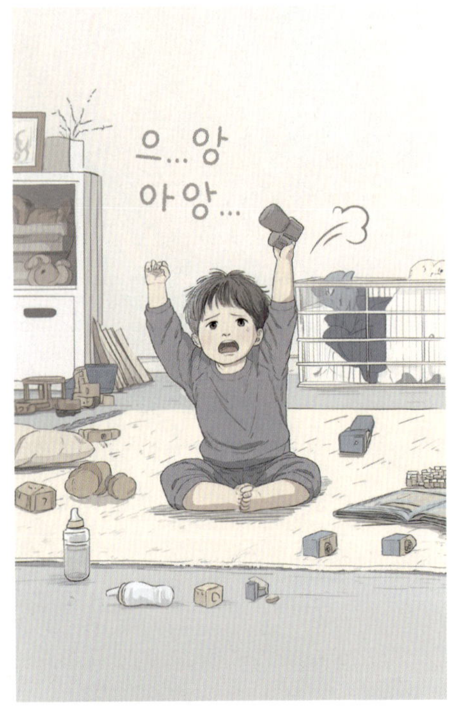

으...앙
아앙...

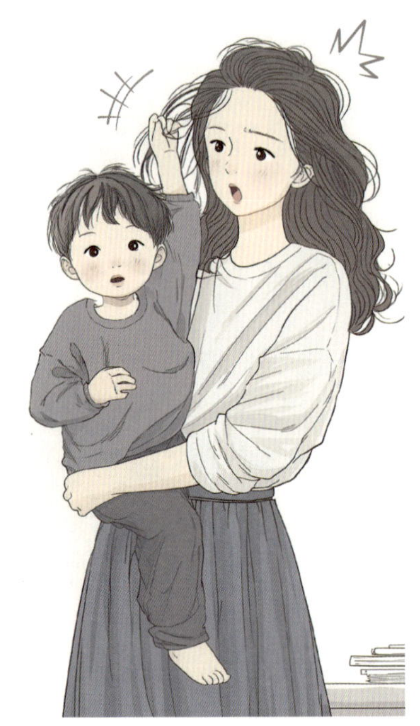

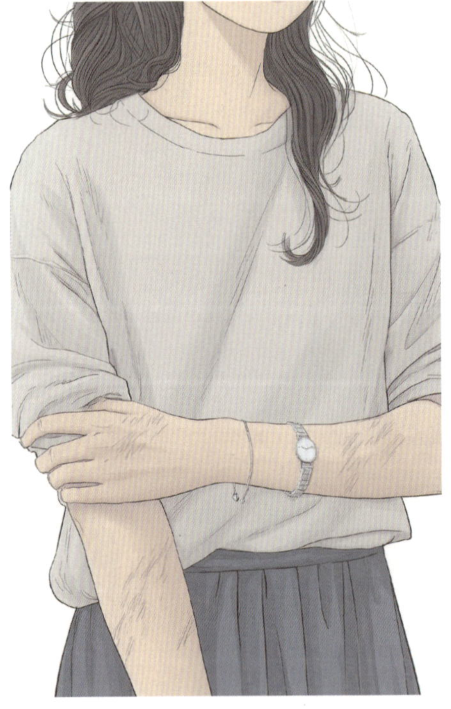

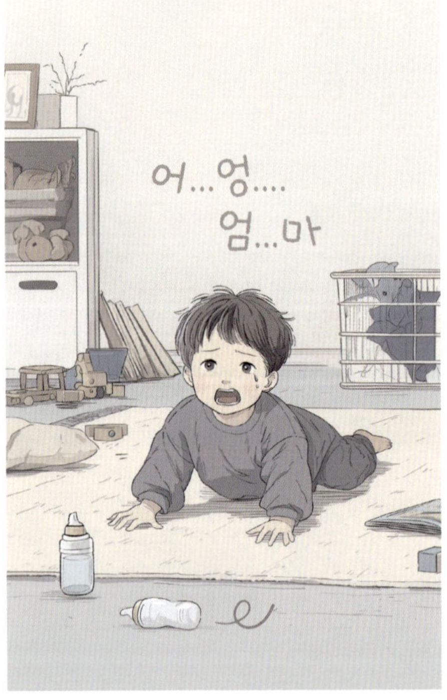

어...엉....
엄...마

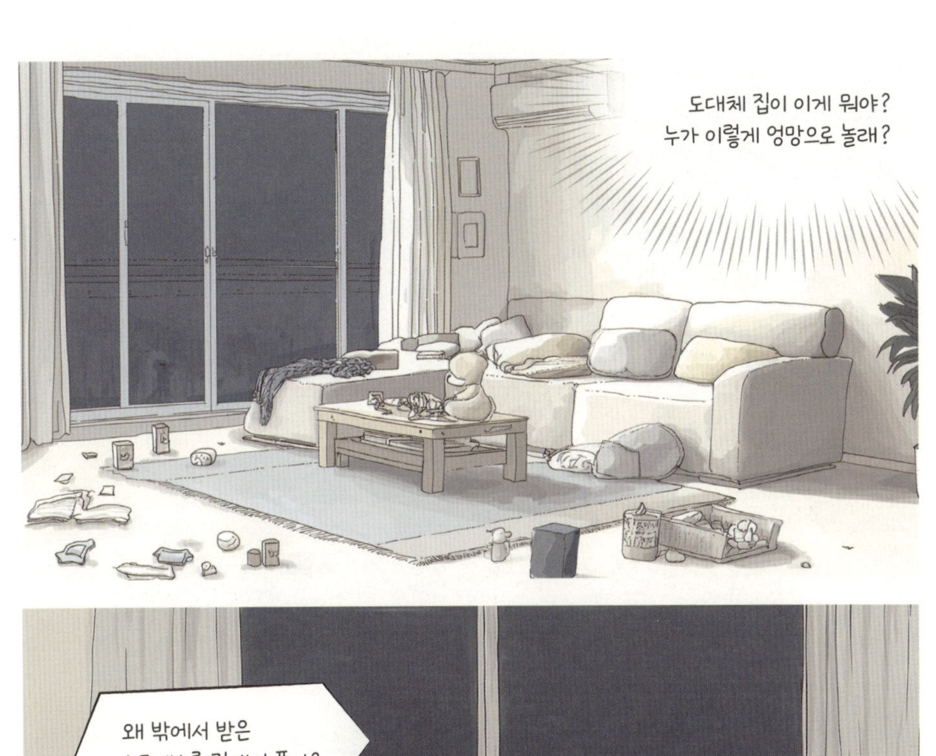

도대체 집이 이게 뭐야?
누가 이렇게 엉망으로 놀래?

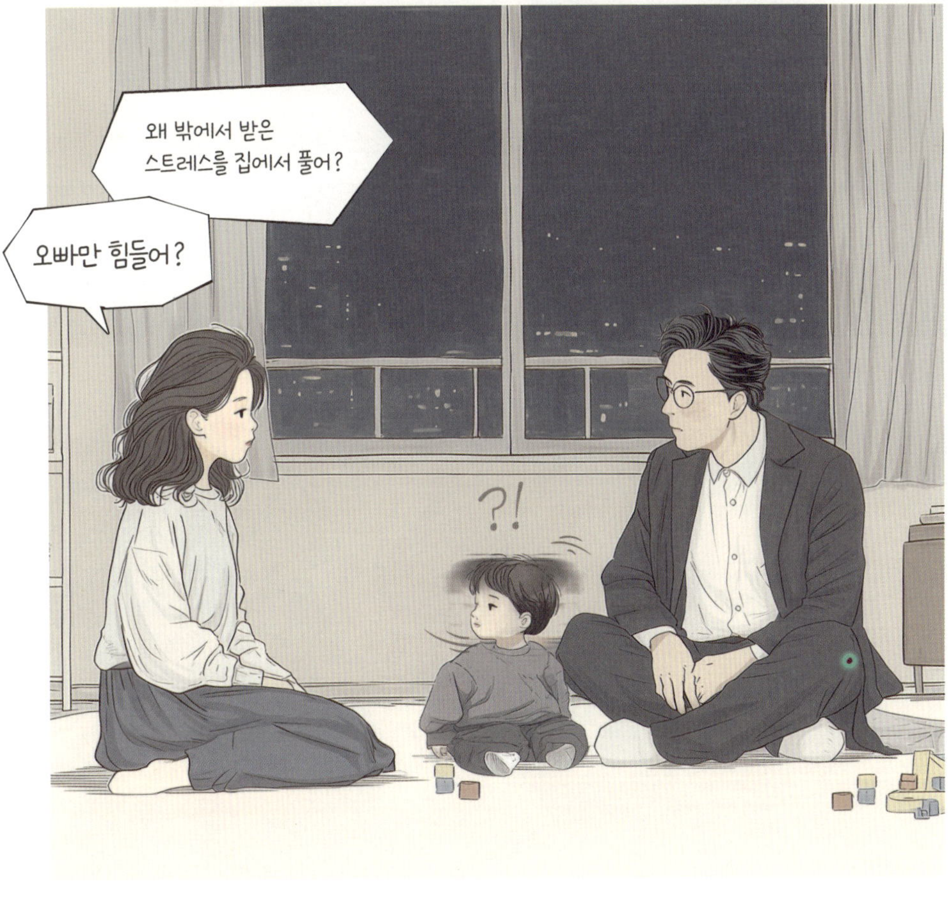

왜 밖에서 받은
스트레스를 집에서 풀어?
오빠만 힘들어?

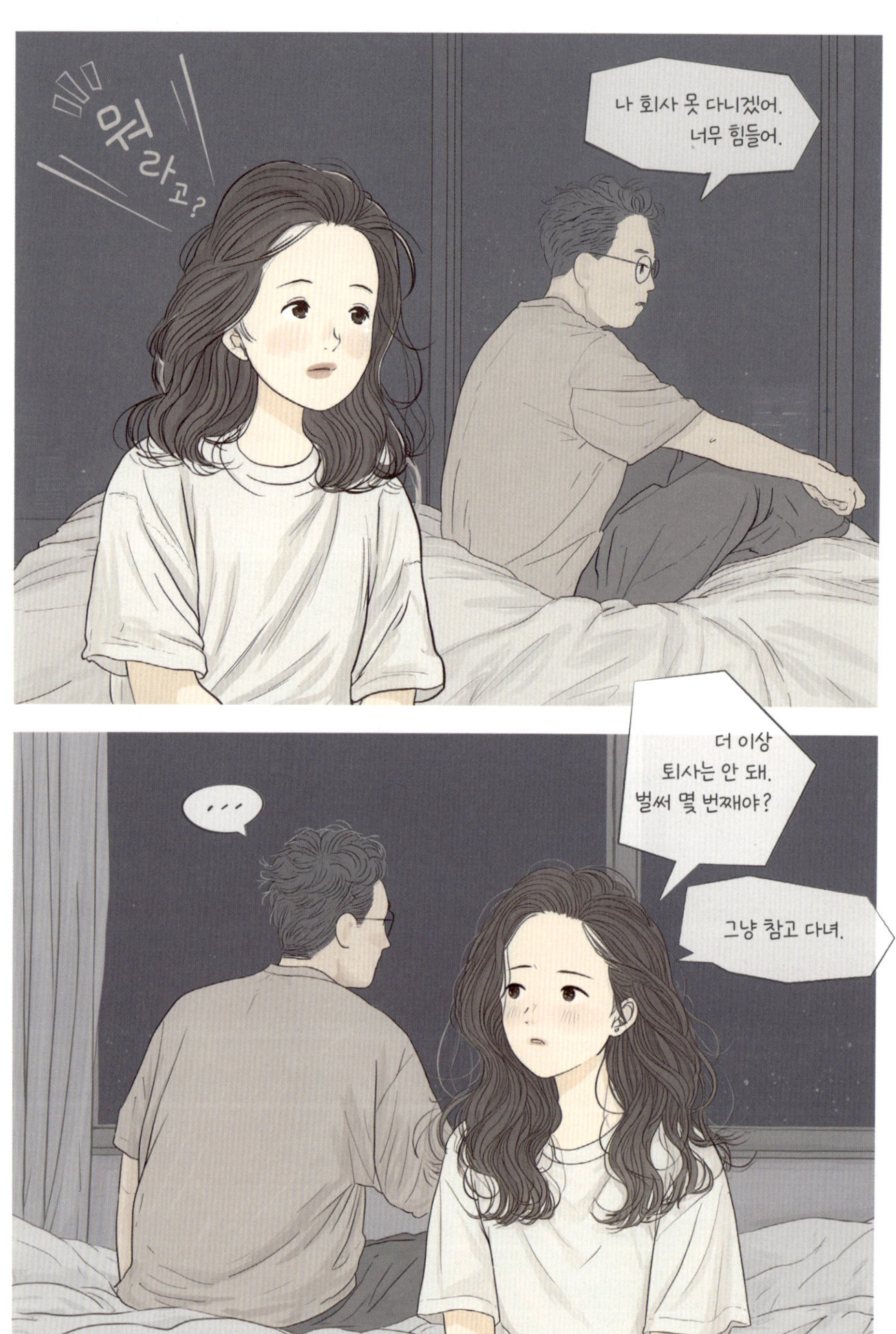

뭐라고?
나 회사 못 다니겠어.
너무 힘들어.
더 이상
퇴사는 안 돼.
벌써 몇 번째야?
그냥 참고 다녀.
...

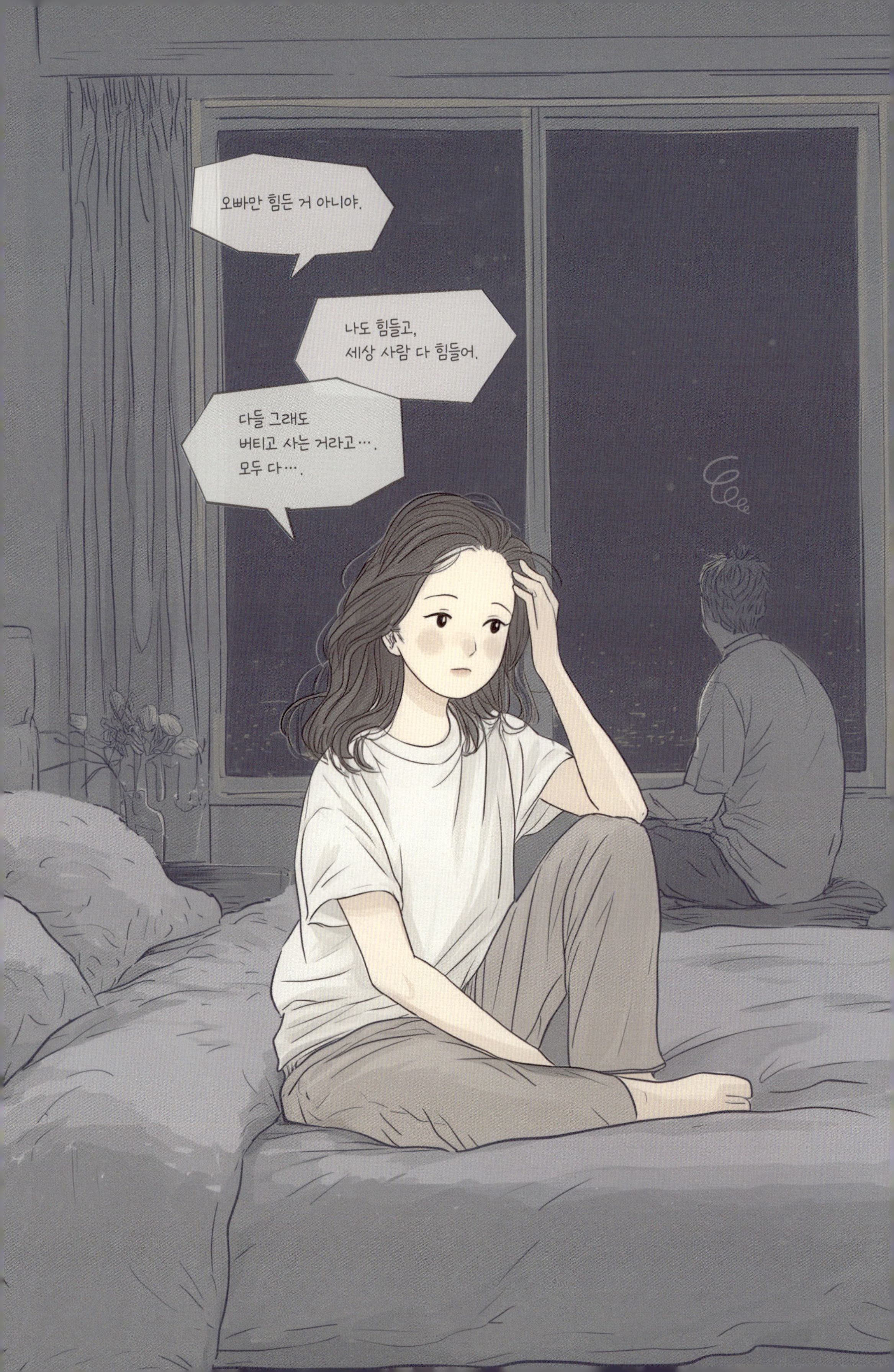

오빠만 힘든 거 아니야.
나도 힘들고,
세상 사람 다 힘들어.
다들 그래도
버티고 사는 거라고….
모두 다….

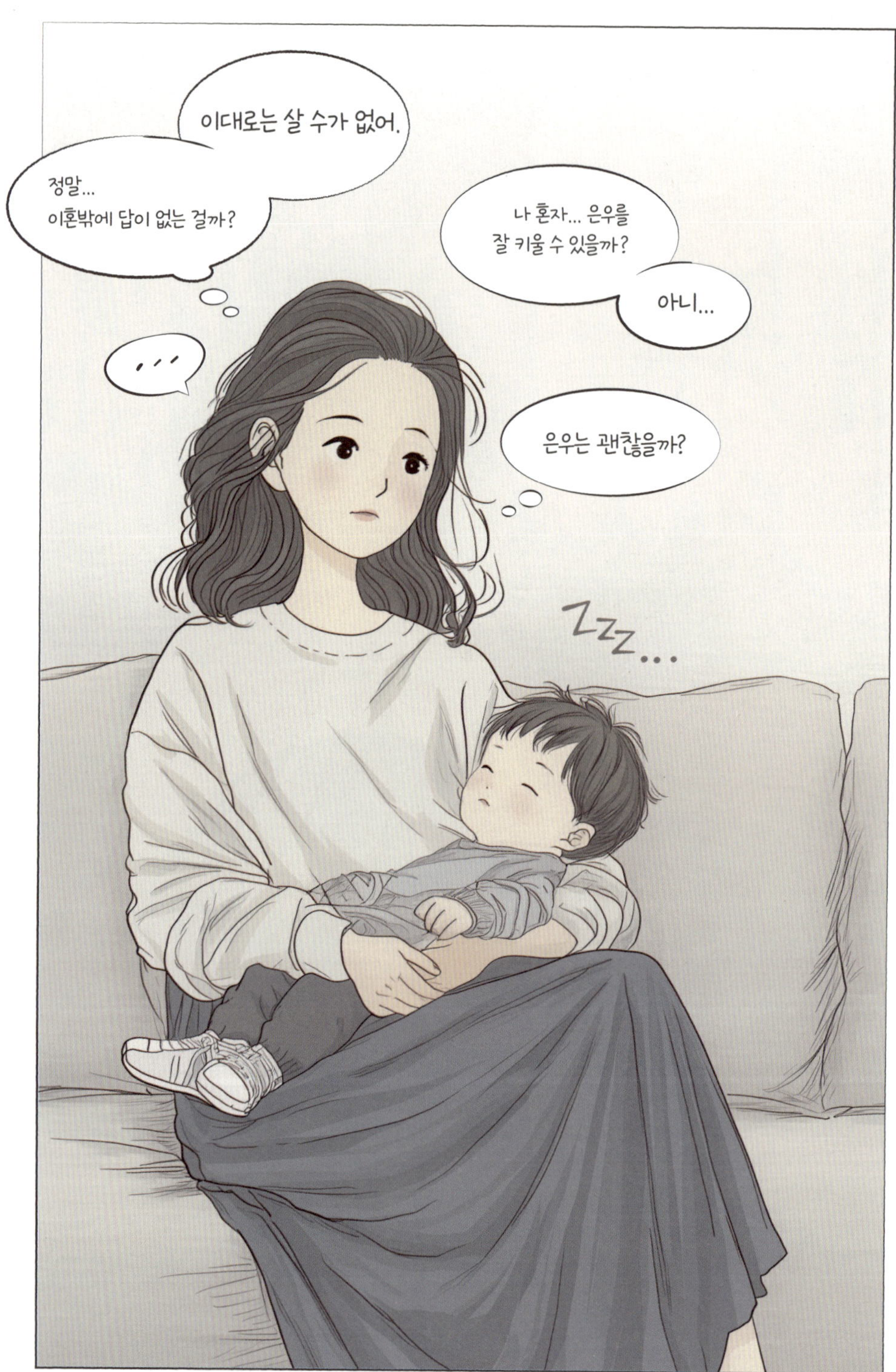
이대로는 살 수가 없어.
정말...
이혼밖에 답이 없는 걸까?
나 혼자... 은우를
잘 키울 수 있을까?
아니...
...
은우는 괜찮을까?
ZZZ...

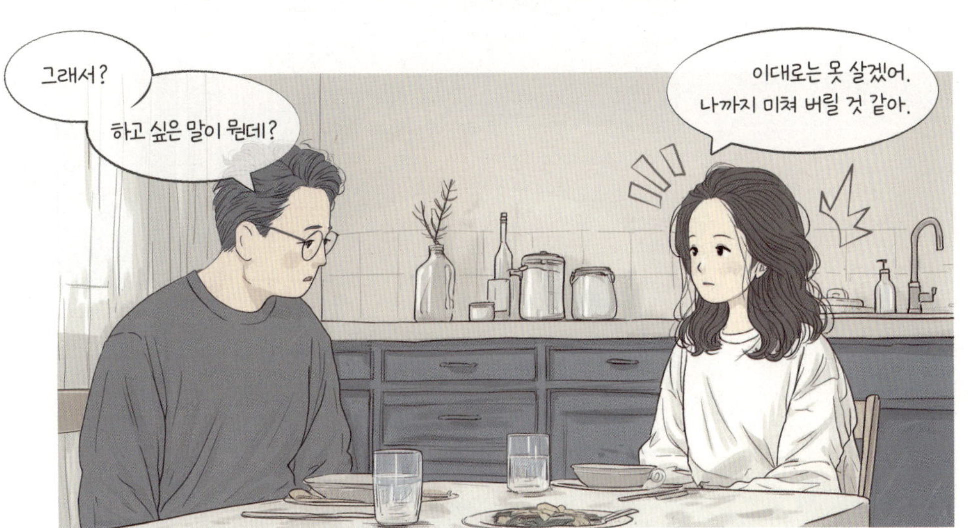
그래서?
하고 싶은 말이 뭔데?
이대로는 못 살겠어.
나까지 미쳐 버릴 것 같아.

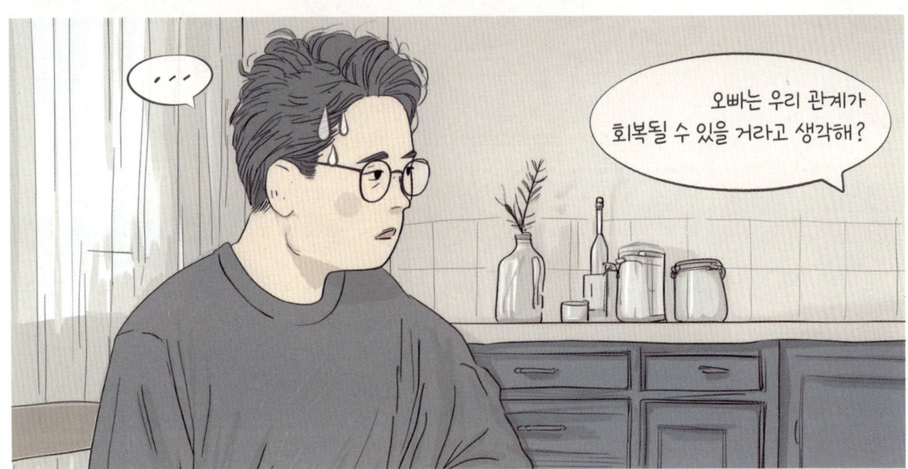
…
오빠는 우리 관계가
회복될 수 있을 거라고 생각해?

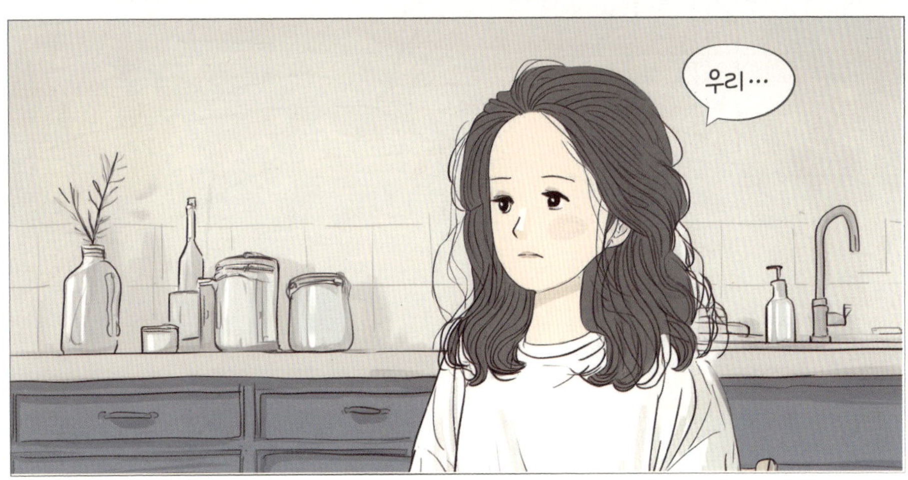
우리…

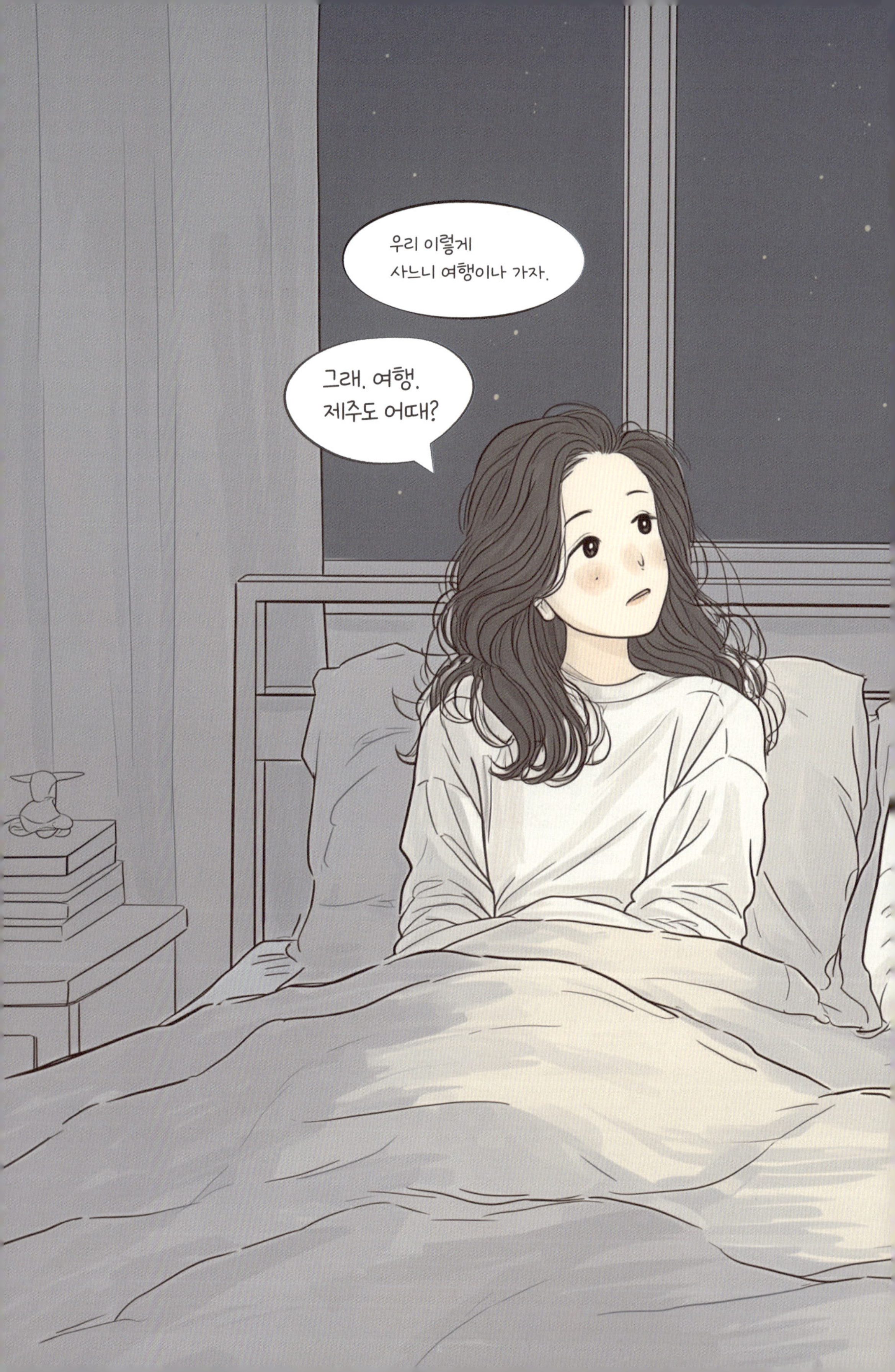
우리 이렇게
사느니 여행이나 가자.
그래. 여행.
제주도 어때?

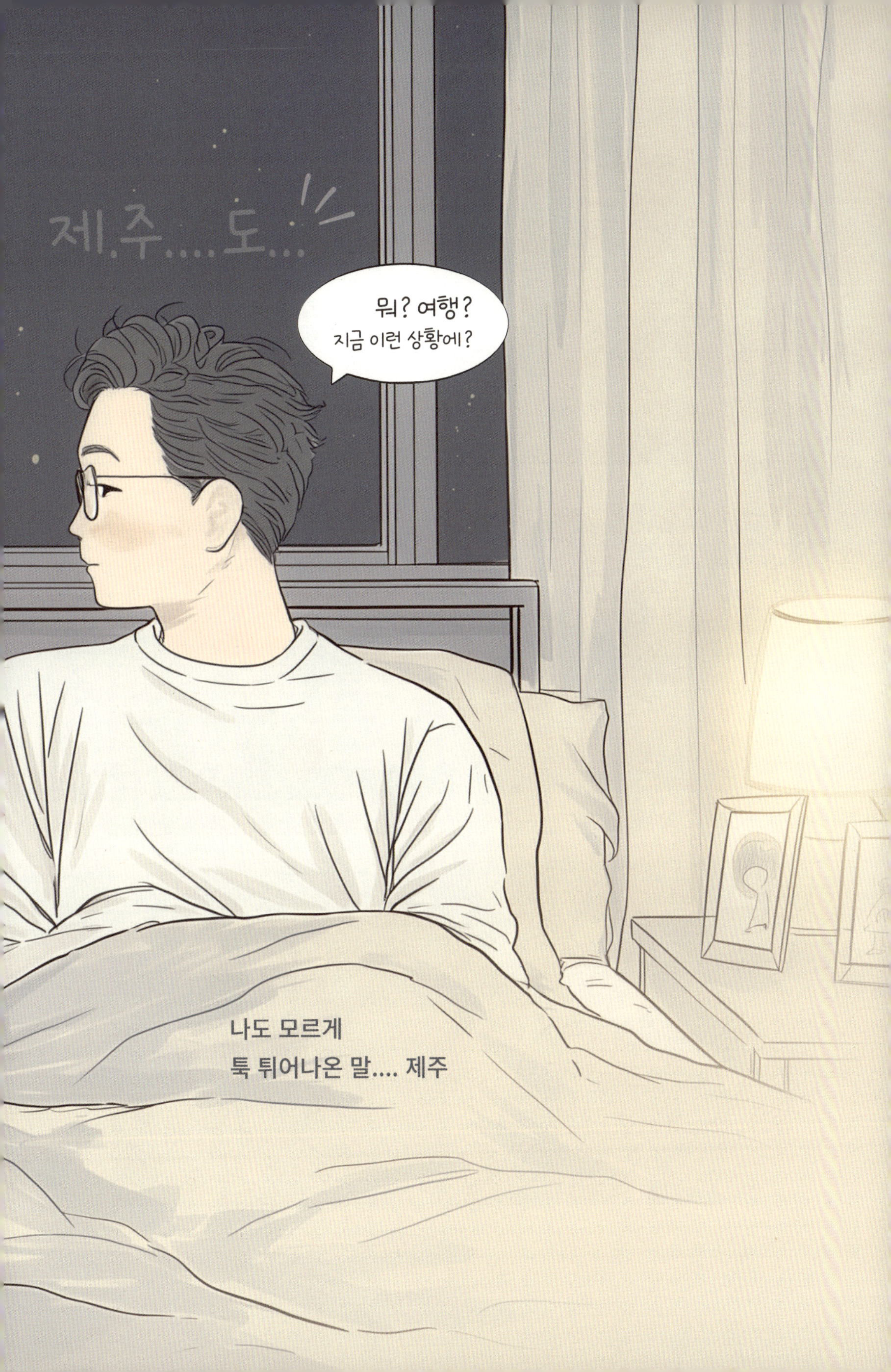
제.주....도...!
뭐? 여행?
지금 이런 상황에?
나도 모르게
툭 튀어나온 말.... 제주

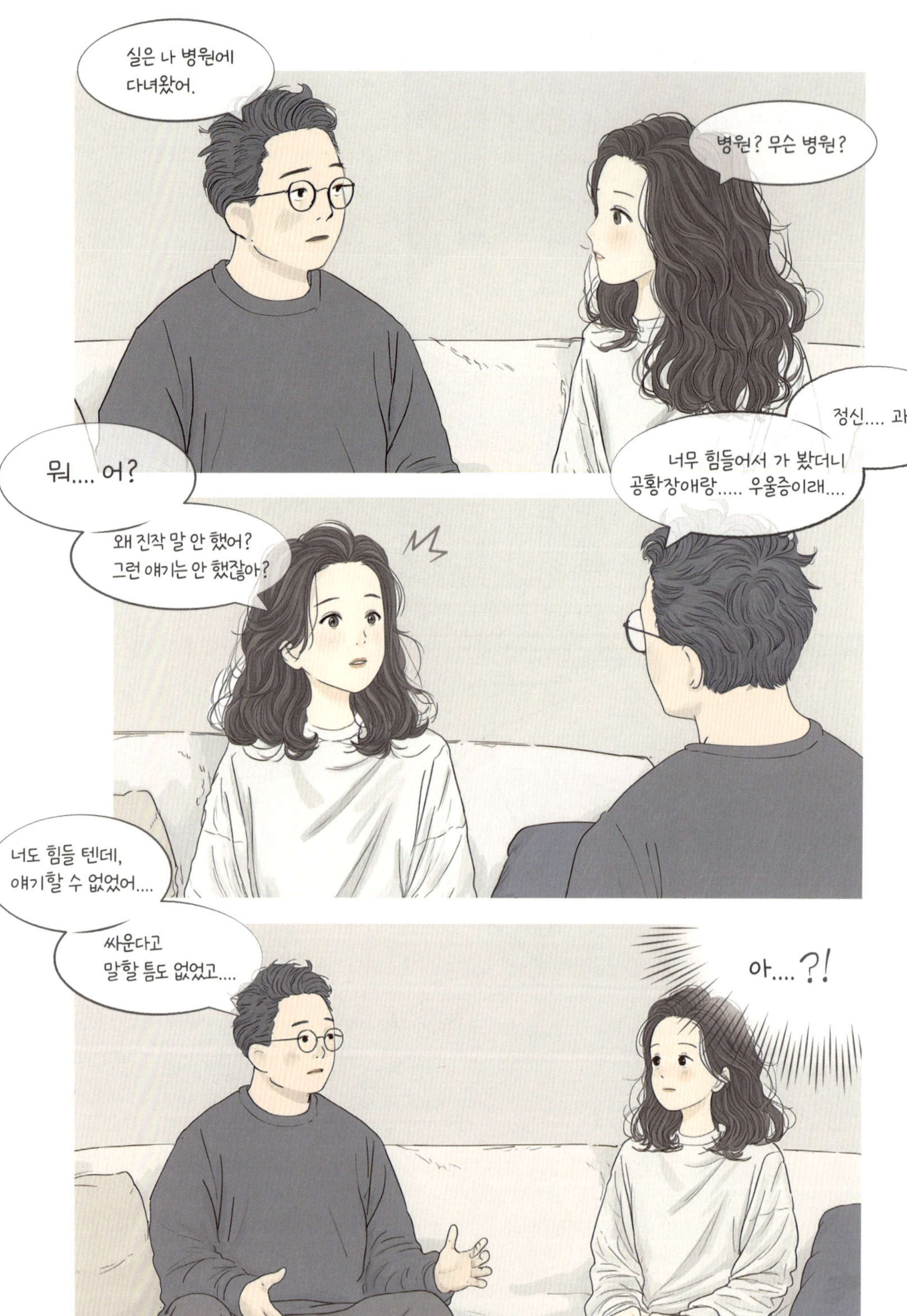

실은 나 병원에 다녀왔어.
병원? 무슨 병원?
정신.... 과...
뭐.... 어?
너무 힘들어서 가 봤더니 공황장애랑..... 우울증이래....
왜 진작 말 안 했어? 그런 얘기는 안 했잖아?
너도 힘들 텐데, 얘기할 수 없었어....
싸운다고 말할 틈도 없었고....
아....?!

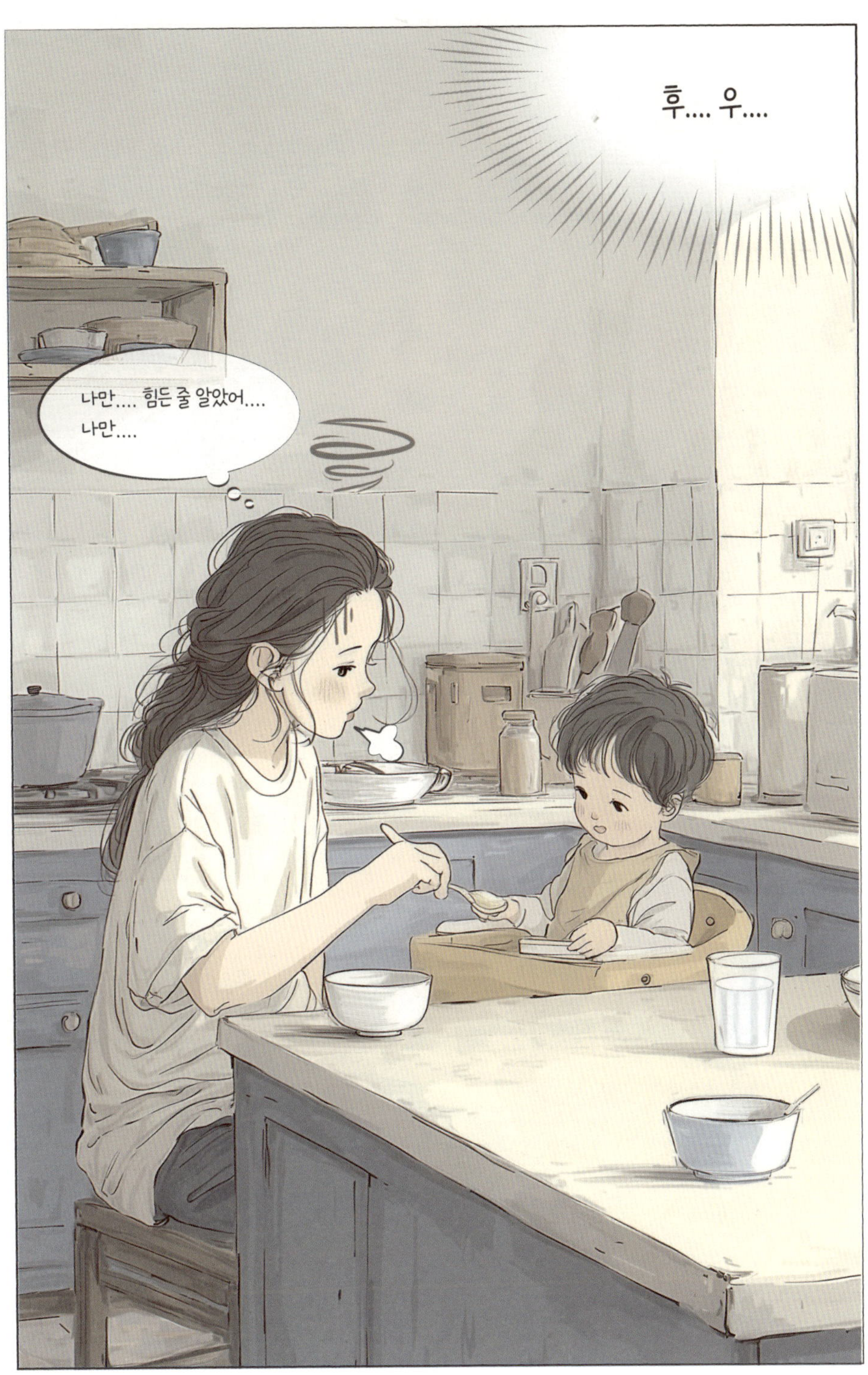

후.... 우....
나만.... 힘든 줄 알았어....
나만....

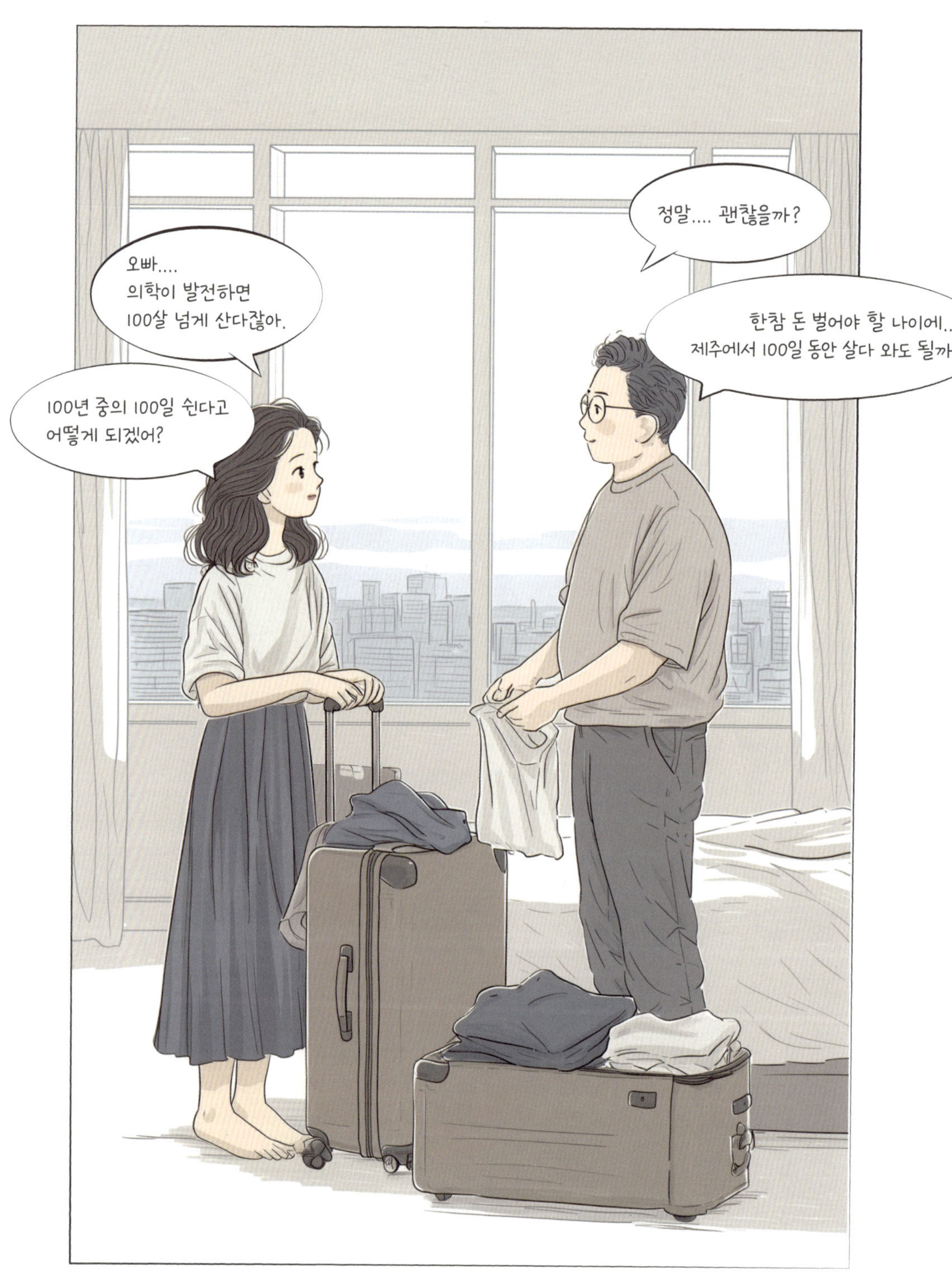
정말.... 괜찮을까?
한참 돈 벌어야 할 나이에....
제주에서 100일 동안 살다 와도 될까?
오빠....
의학이 발전하면
100살 넘게 산다잖아.
100년 중의 100일 쉰다고
어떻게 되겠어?

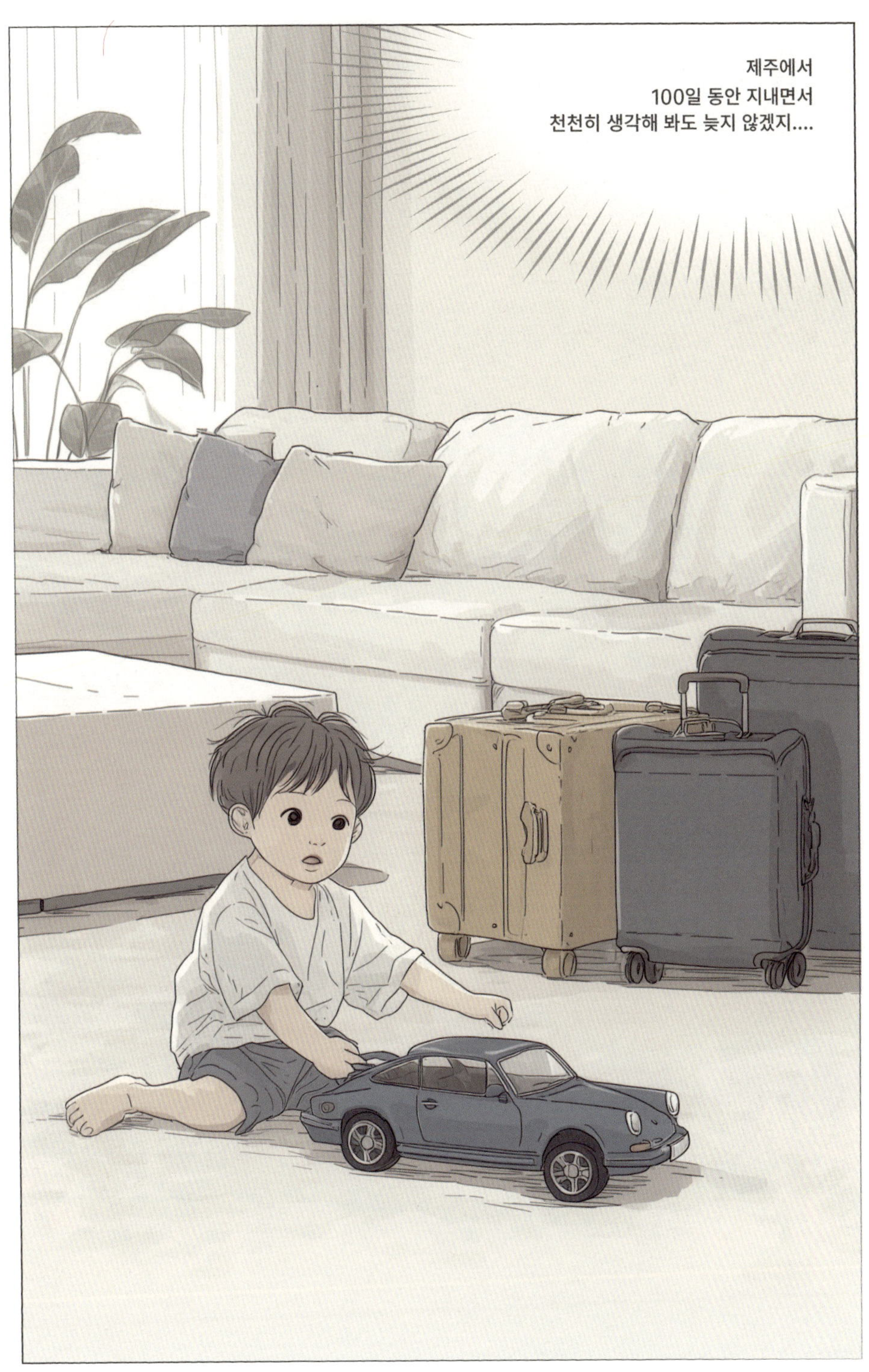

제주에서
100일 동안 지내면서
천천히 생각해 봐도 늦지 않겠지....

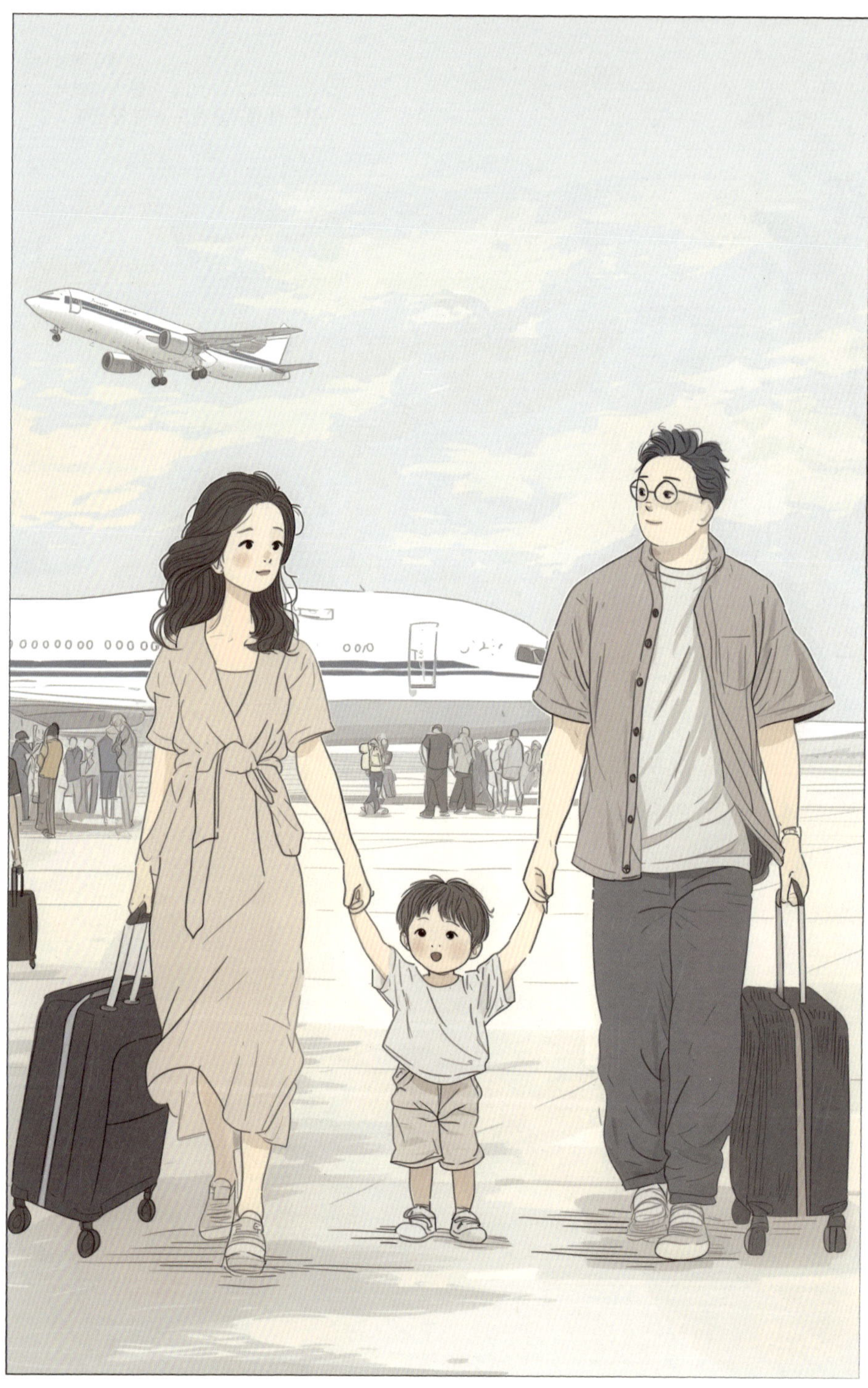

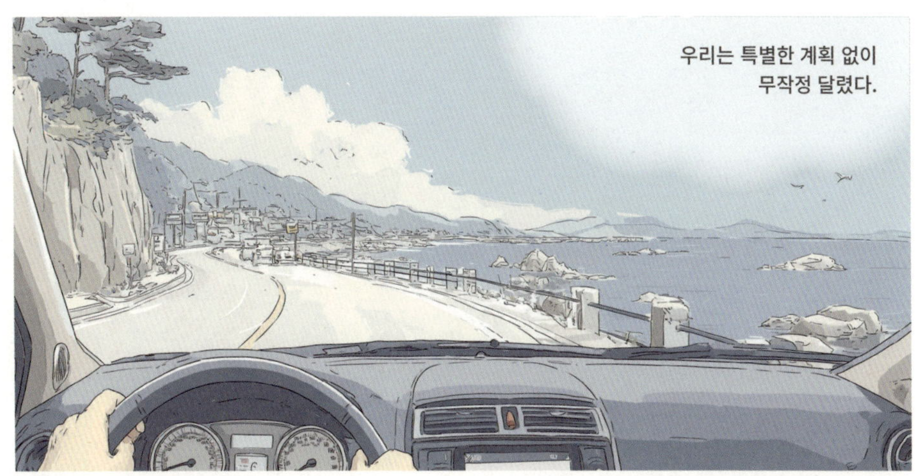
우리는 특별한 계획 없이
무작정 달렸다.

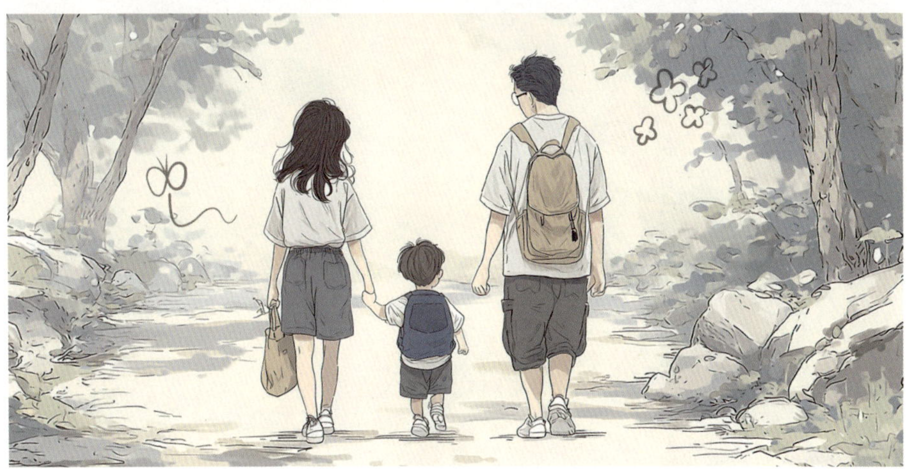

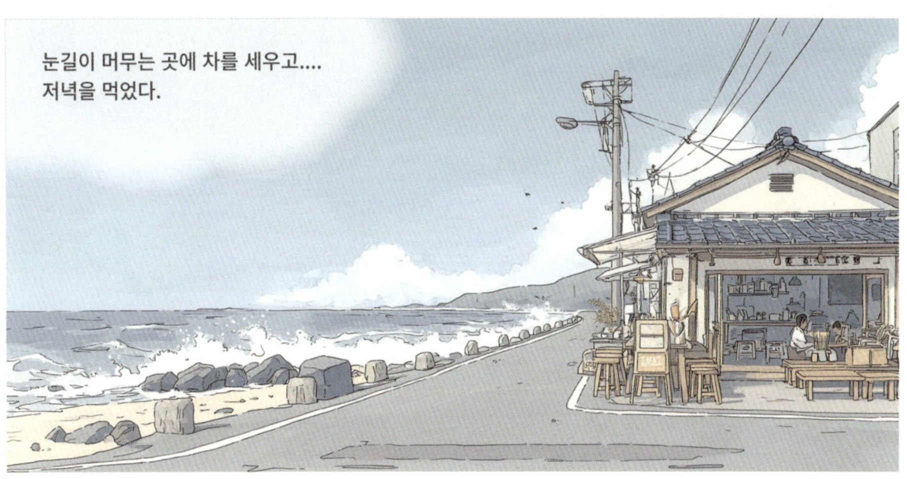
눈길이 머무는 곳에 차를 세우고....
저녁을 먹었다.

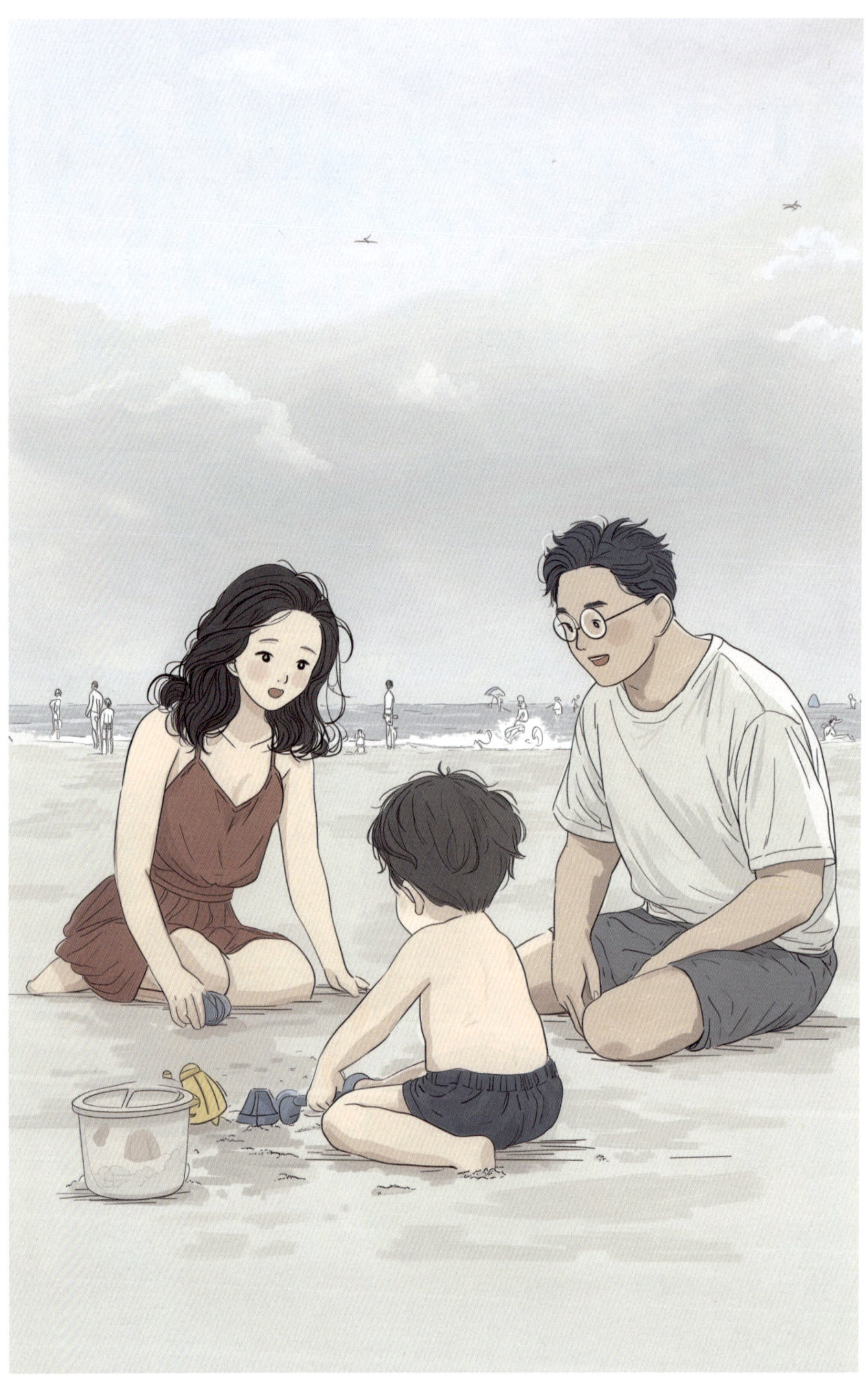

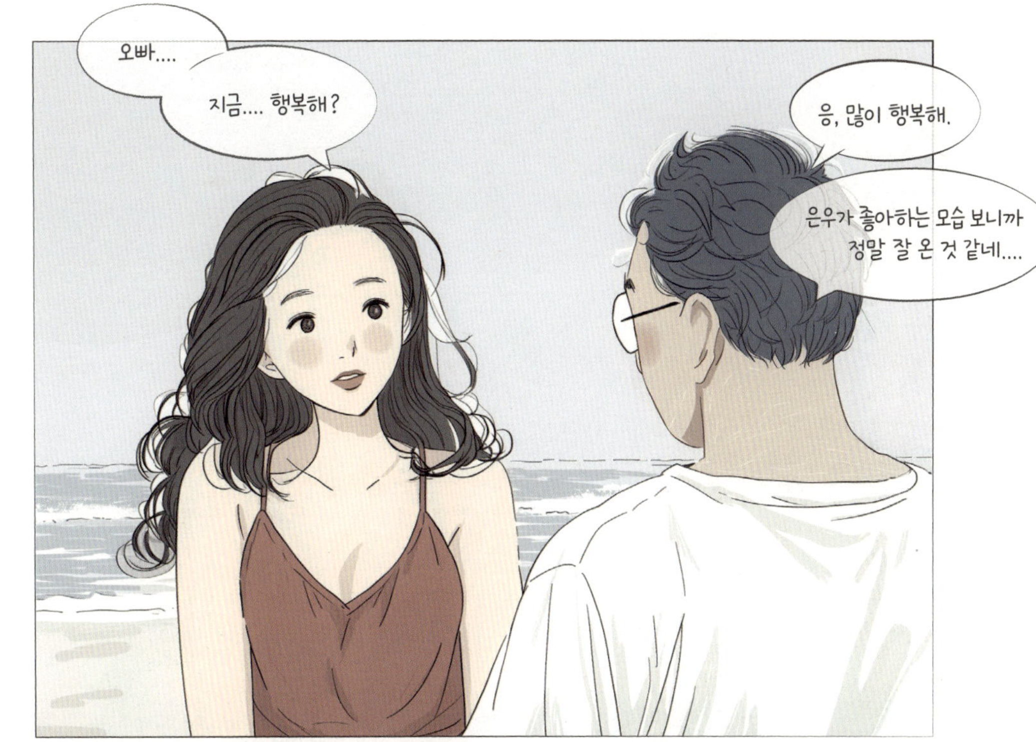

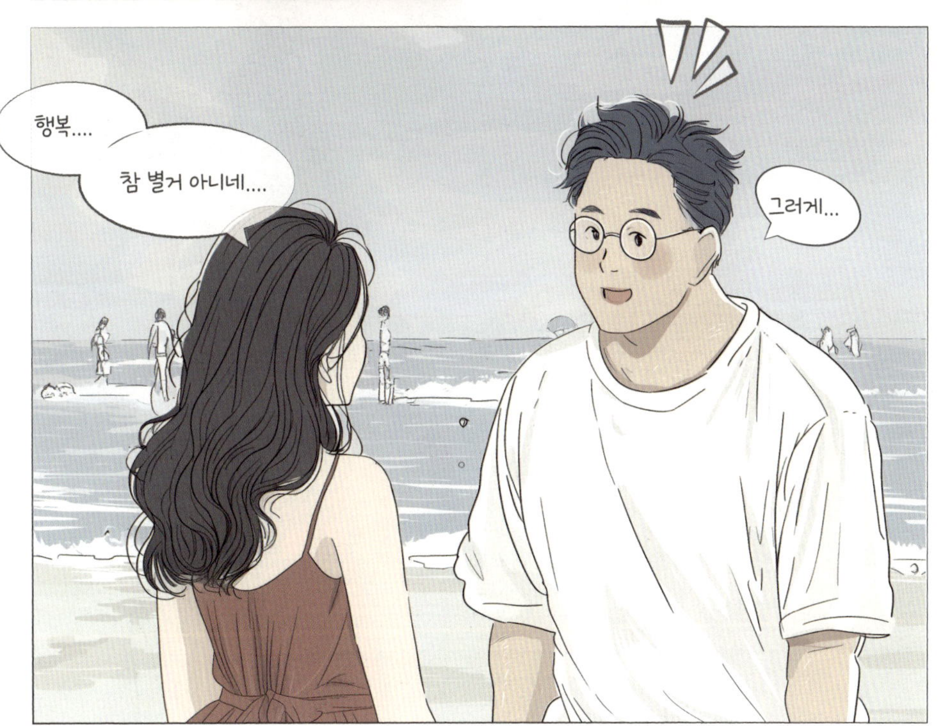

오빠....
지금.... 행복해?
응, 많이 행복해.
은우가 좋아하는 모습 보니까
정말 잘 온 것 같네....
행복....
참 별거 아니네....
지금.... 행복해?
그러게...

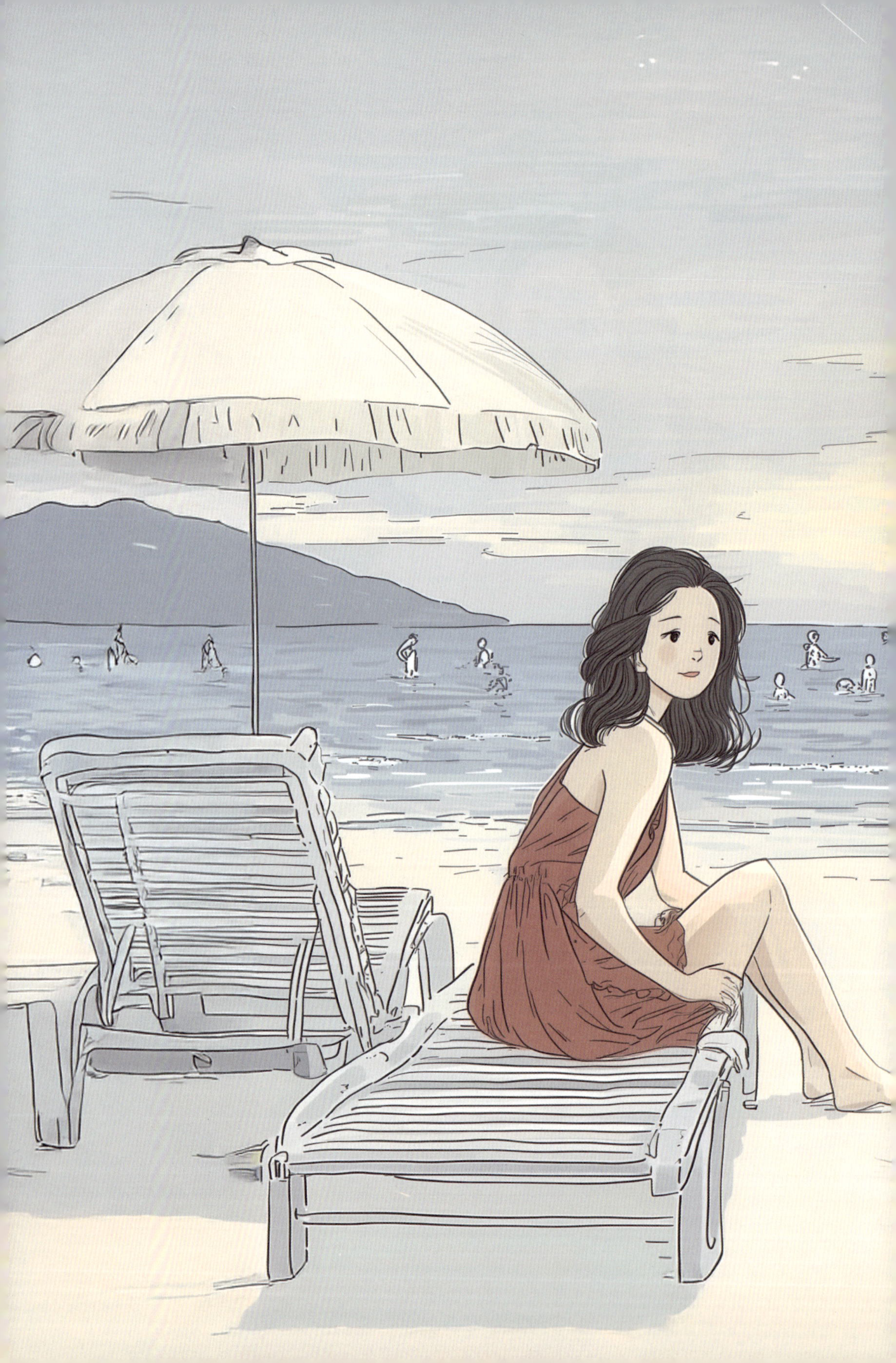

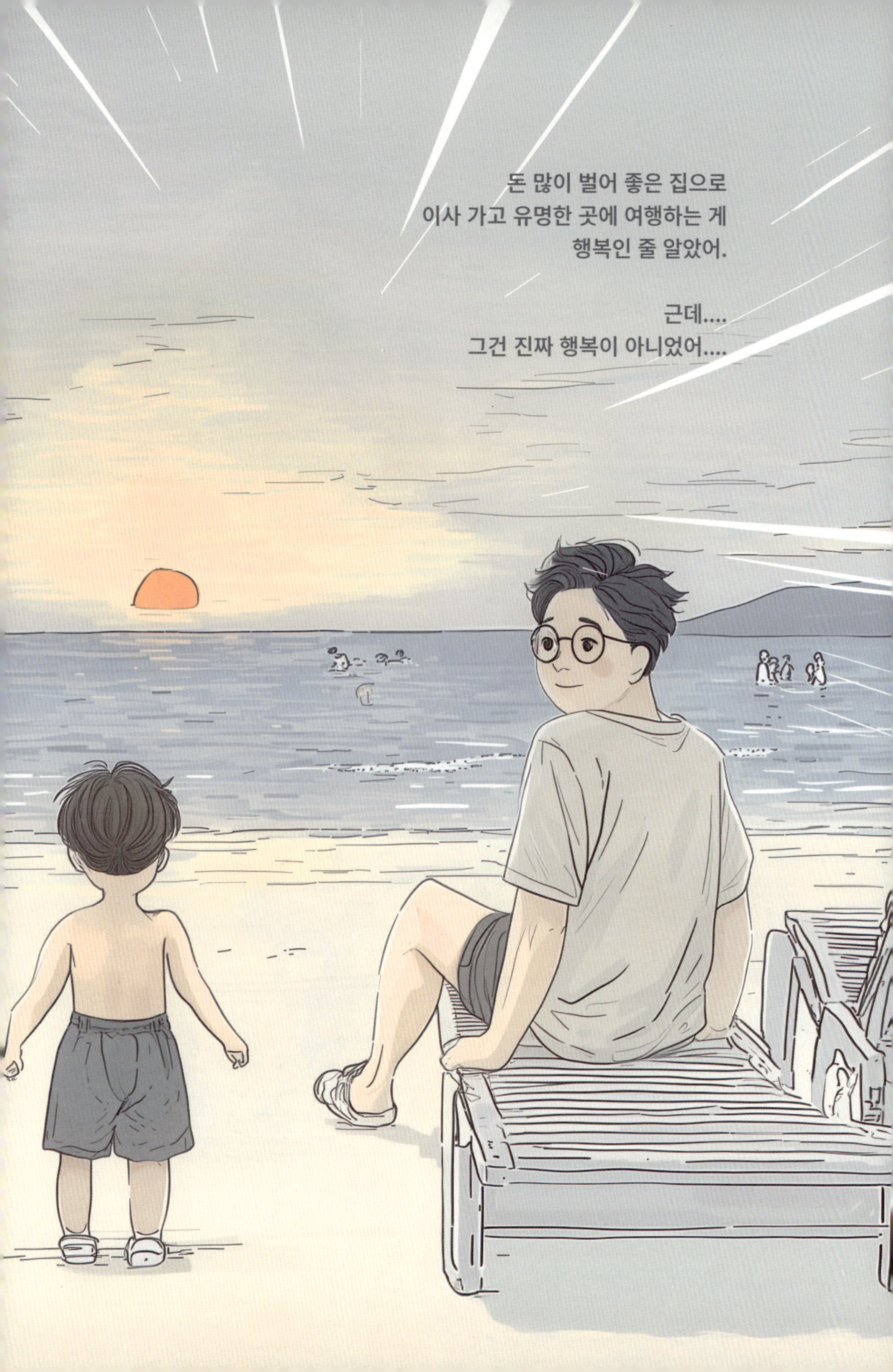

돈 많이 벌어 좋은 집으로
이사 가고 유명한 곳에 여행하는 게
행복인 줄 알았어.

근데....
그건 진짜 행복이 아니었어....

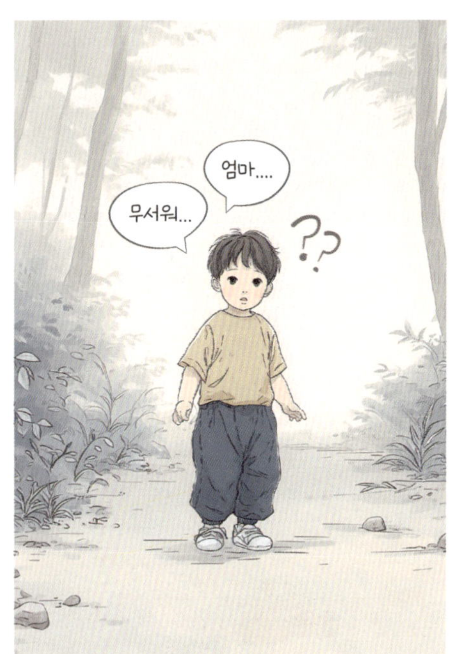

엄마....
무서워...

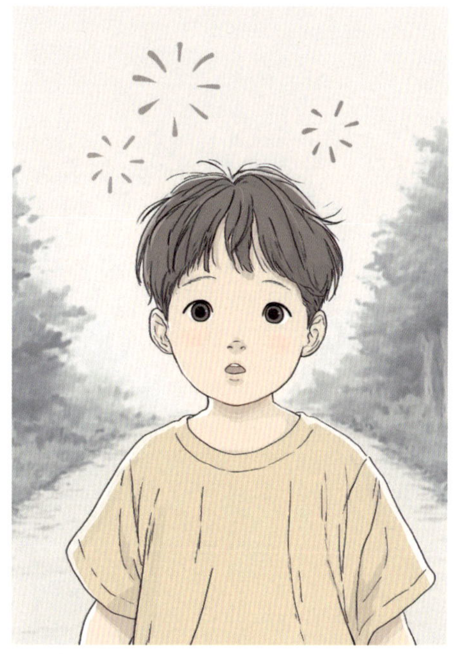

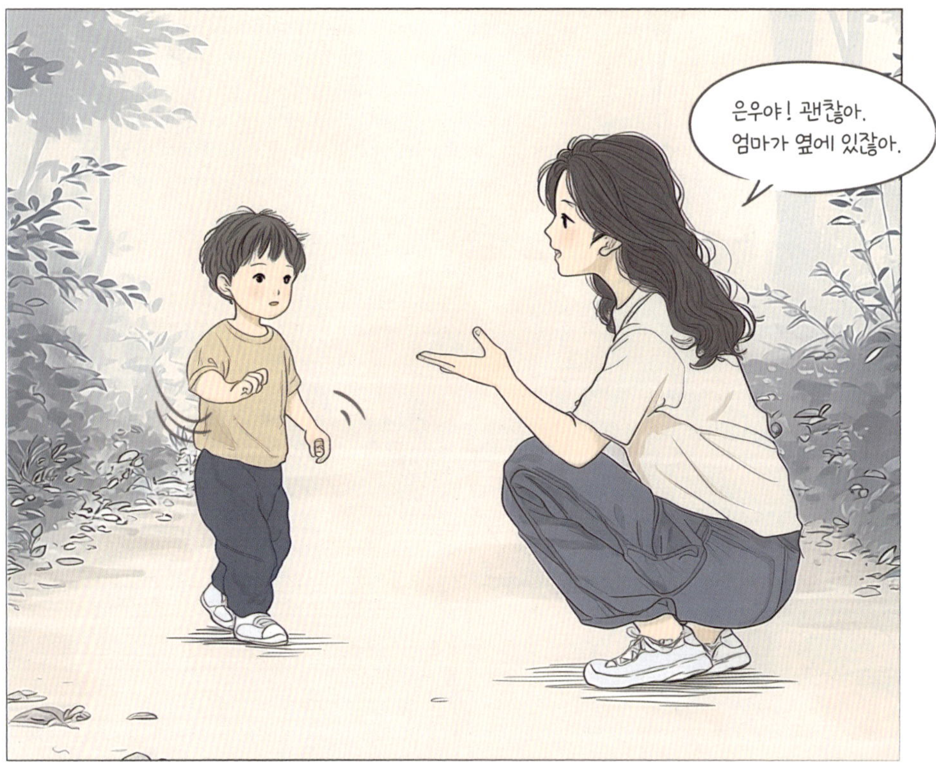

은우야! 괜찮아.
엄마가 옆에 있잖아.

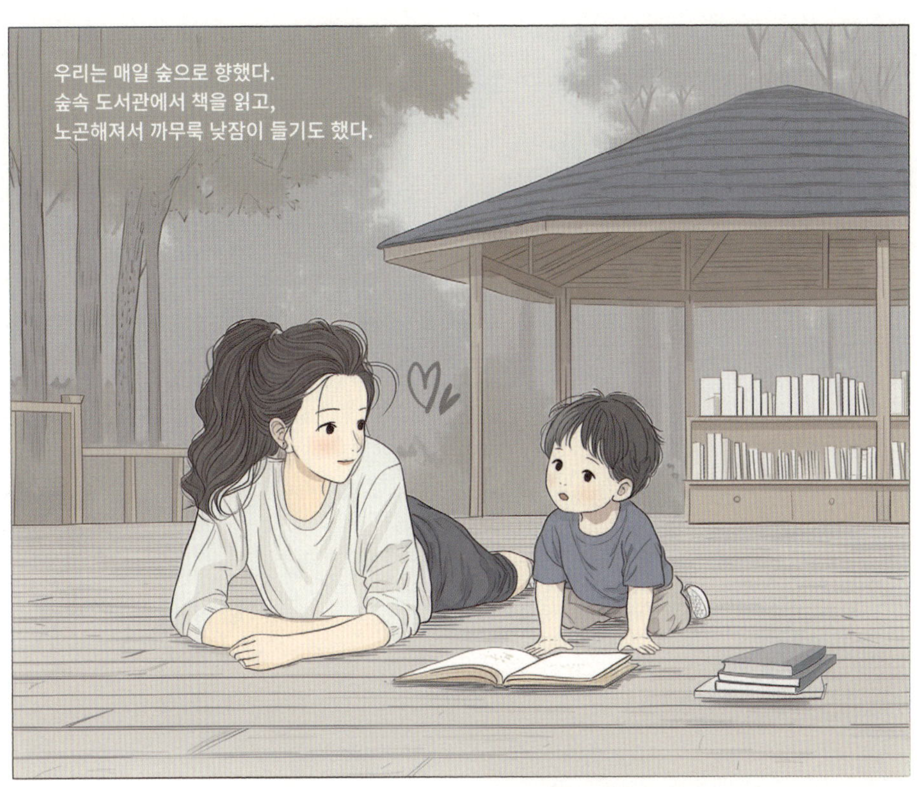우리는 매일 숲으로 향했다.
숲속 도서관에서 책을 읽고,
노곤해져서 까무룩 낮잠이 들기도 했다.

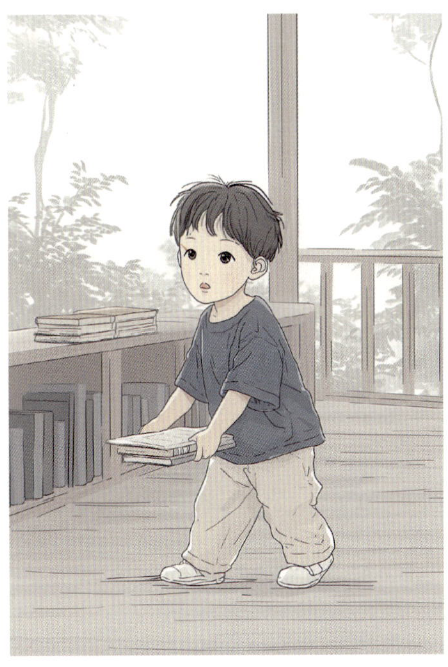

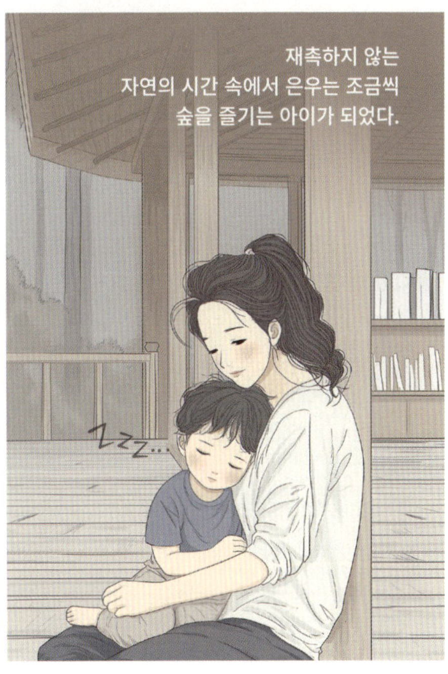재촉하지 않는
자연의 시간 속에서 은우는 조금씩
숲을 즐기는 아이가 되었다.

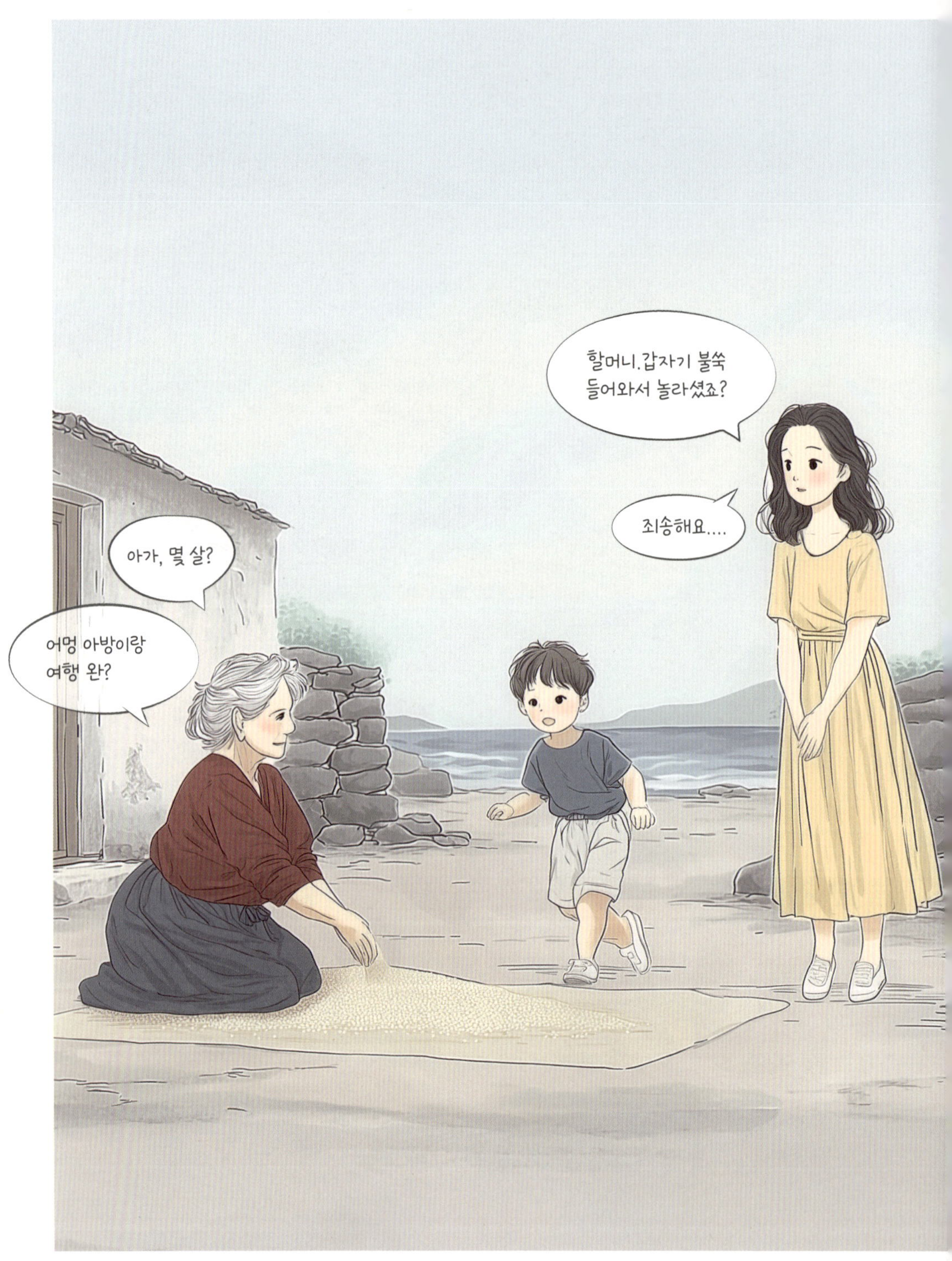
할머니.갑자기 불쑥
들어와서 놀라셨죠?

죄송해요....

아가, 몇 살?

어멍 아방이랑
여행 완?

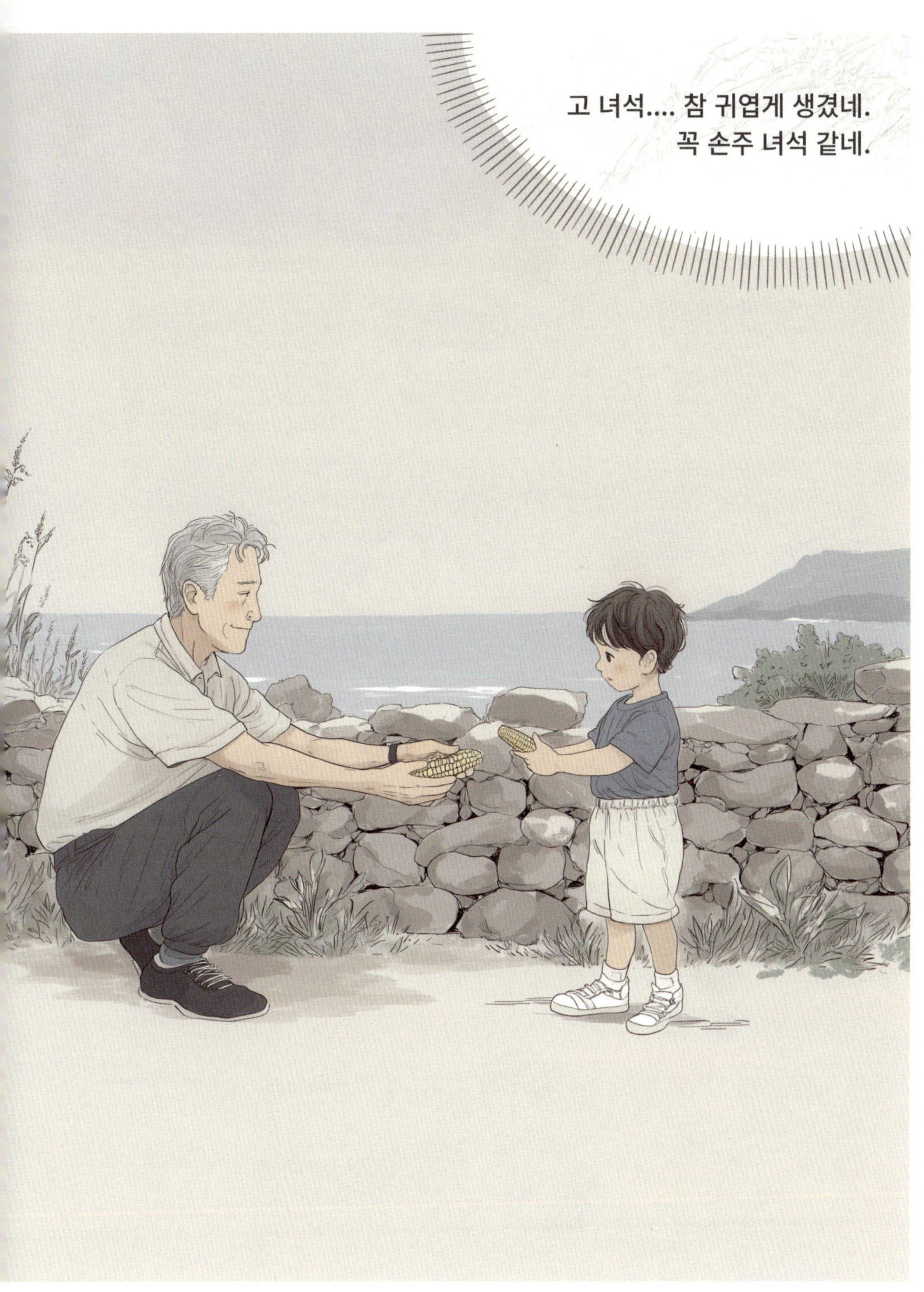

고 녀석.... 참 귀엽게 생겼네.
꼭 손주 녀석 같네.

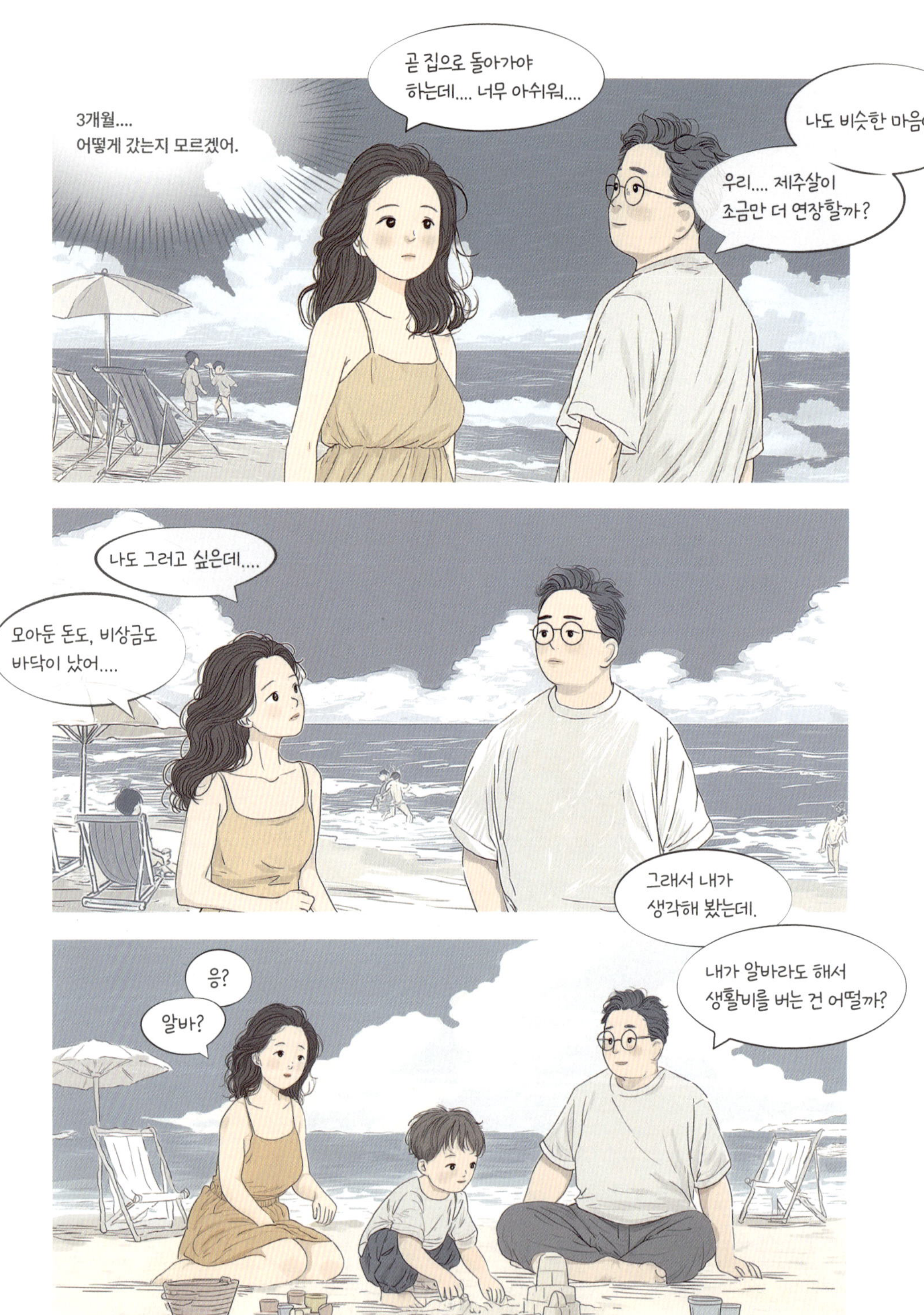
3개월....
어떻게 갔는지 모르겠어.
곧 집으로 돌아가야
하는데.... 너무 아쉬워....
나도 비슷한 마음이야
우리.... 제주살이
조금만 더 연장할까?
나도 그러고 싶은데....
모아둔 돈도, 비상금도
바닥이 났어....
그래서 내가
생각해 봤는데.
응?
알바?
내가 알바라도 해서
생활비를 버는 건 어떨까?

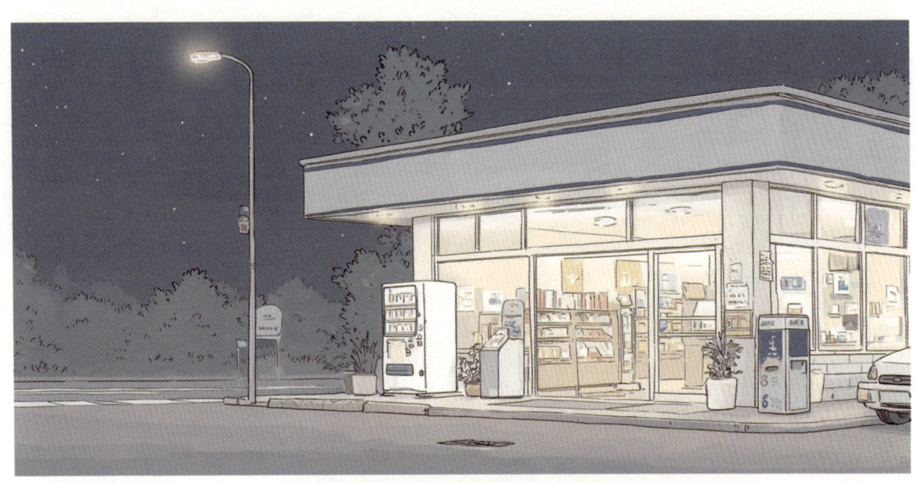

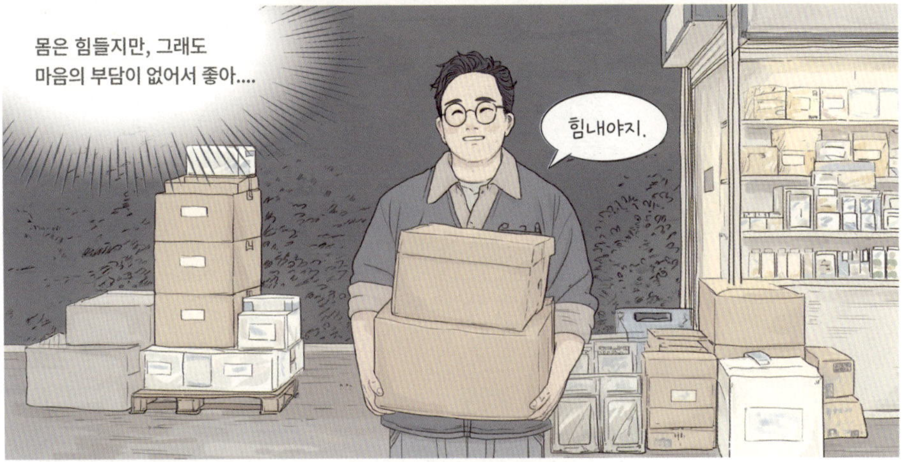

몸은 힘들지만, 그래도
마음의 부담이 없어서 좋아....
힘내야지.

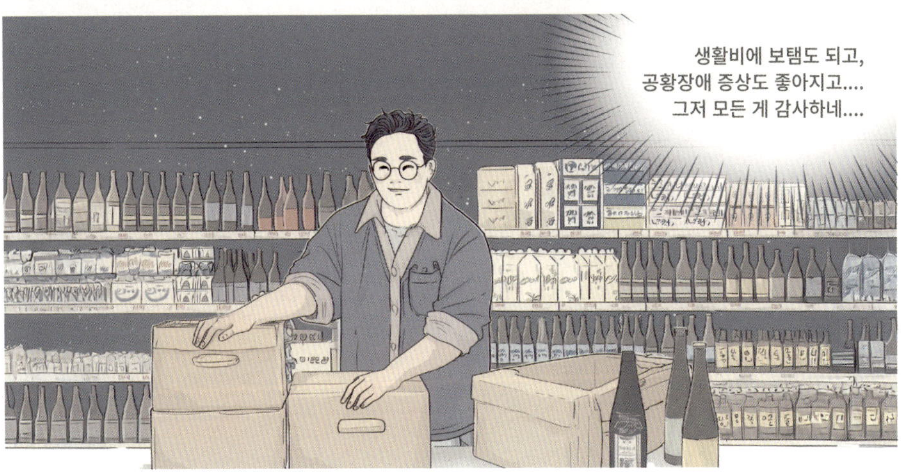

생활비에 보탬도 되고,
공황장애 증상도 좋아지고....
그저 모든 게 감사하네....

3개월을 목표로 시작한
제주살이는 3개월을 더 연장했다.

처음 3개월이 일정 없이 즐기는 여행 같은 제주살이였다면,
나중의 3개월은 현실적인 삶으로써의 제주살이였다.

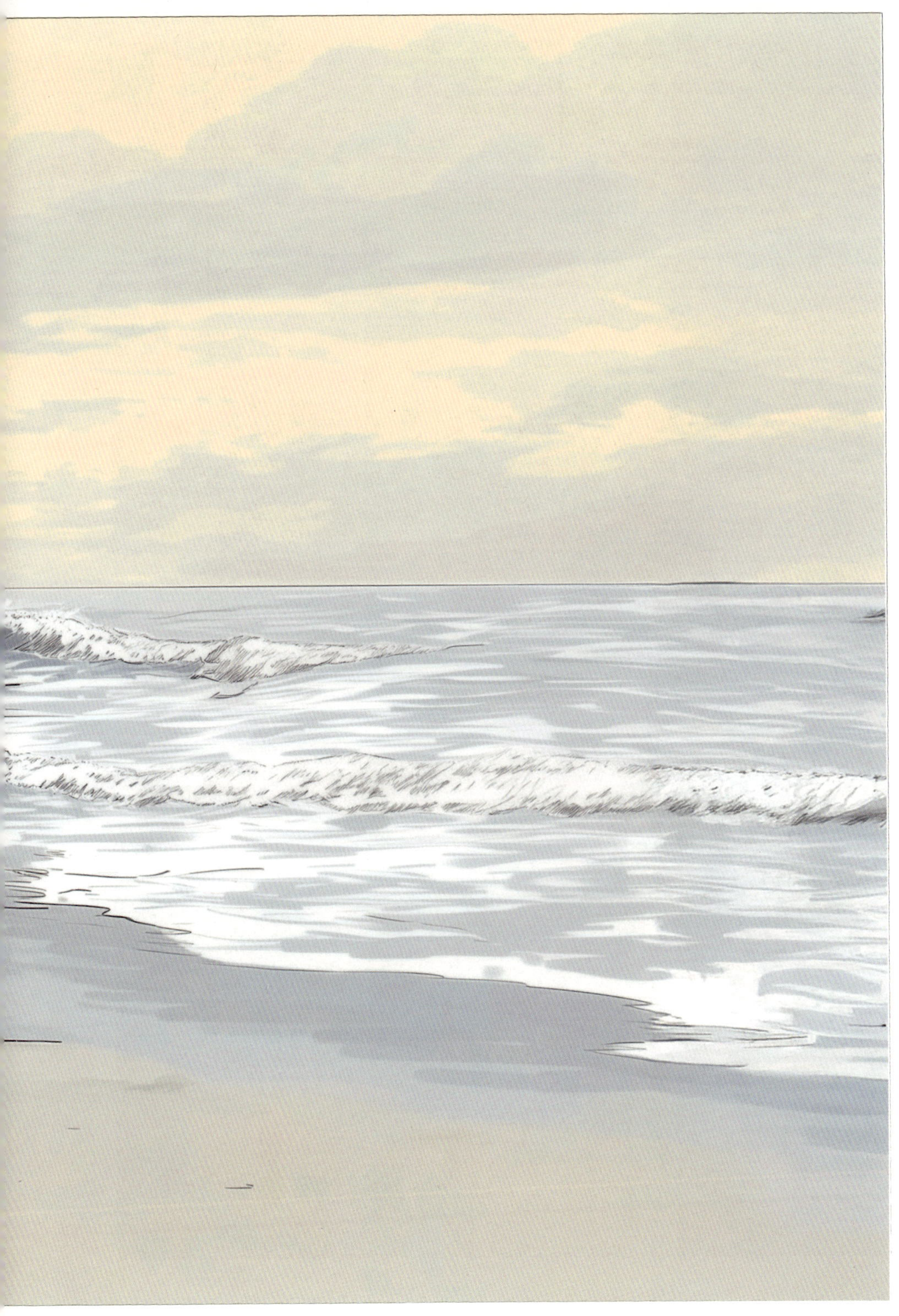

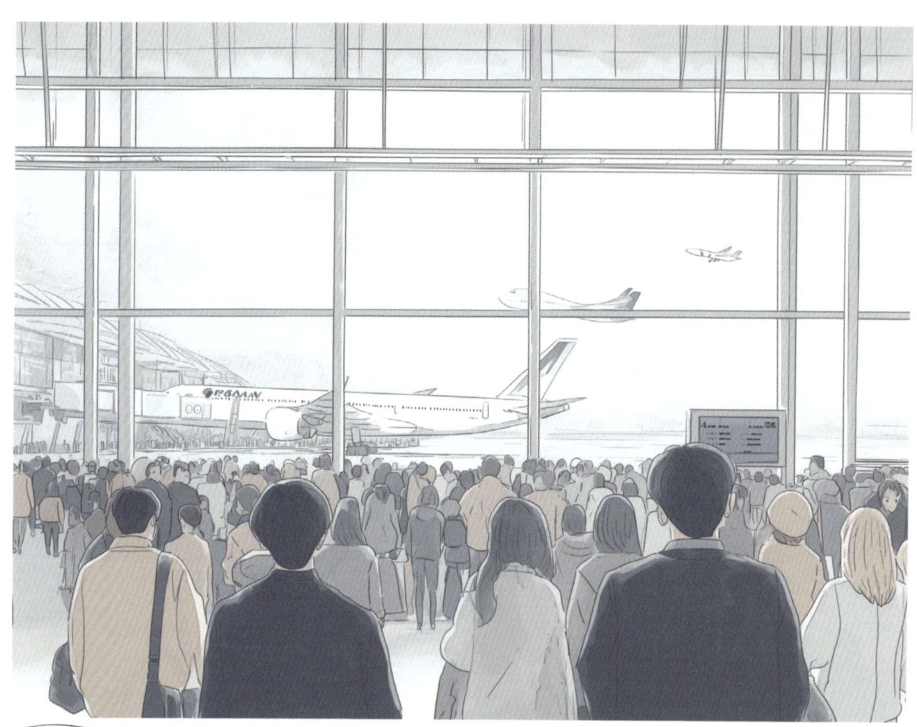

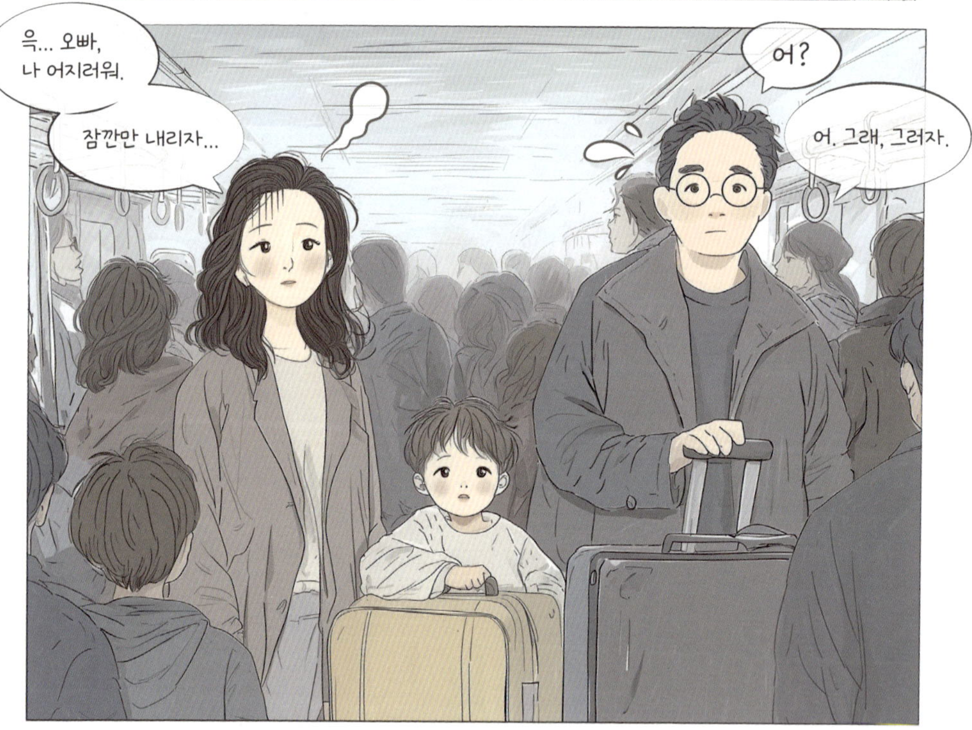

으... 오빠, 나 어지러워.
잠깐만 내리자...
어?
어, 그래, 그러자.

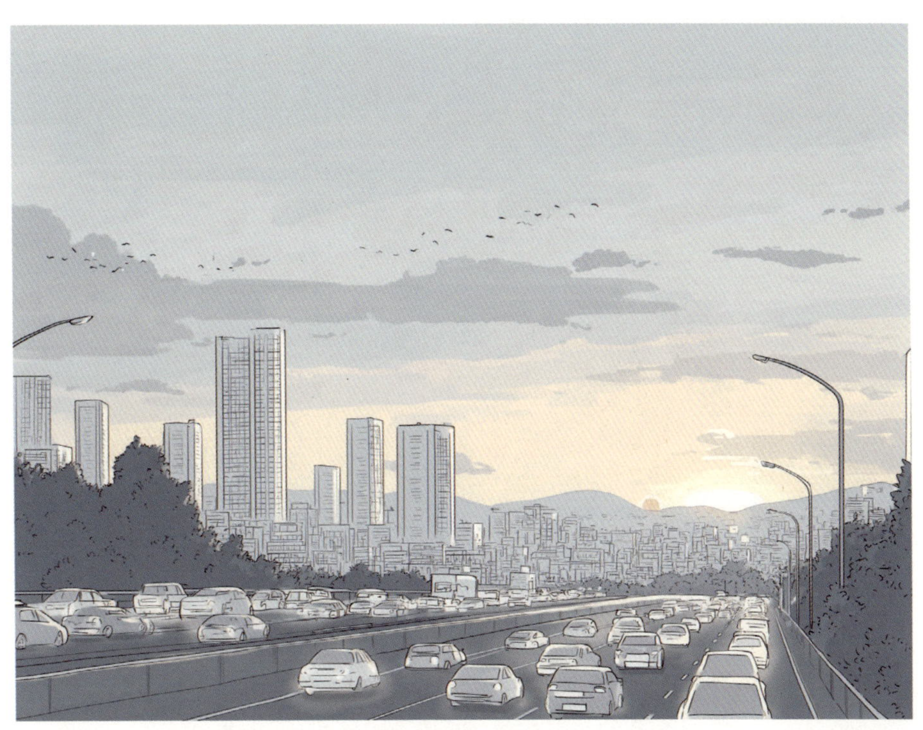

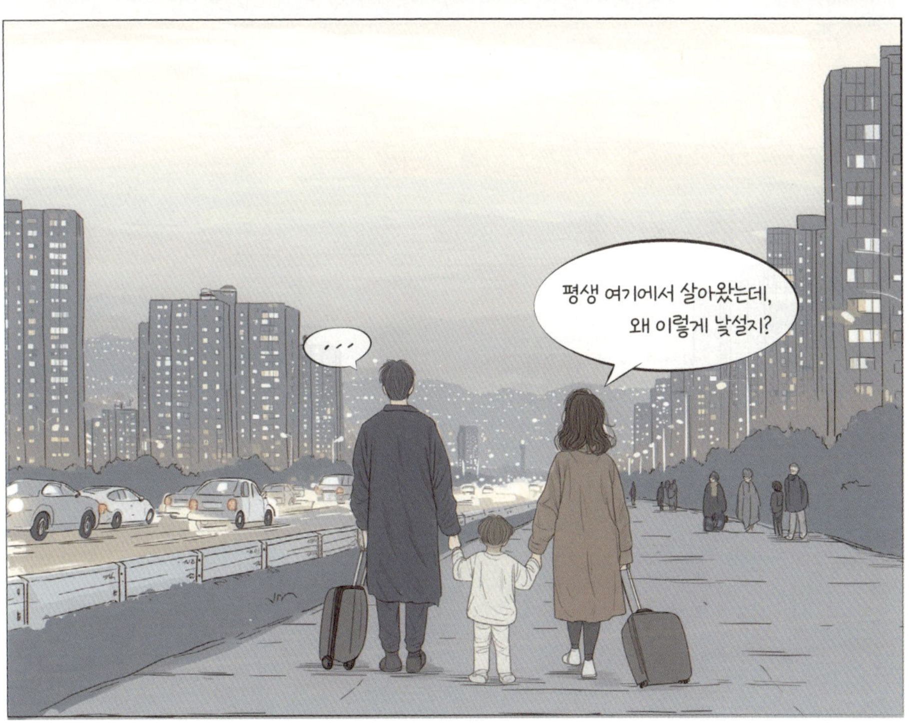
평생 여기에서 살아왔는데,
왜 이렇게 낯설지?
···

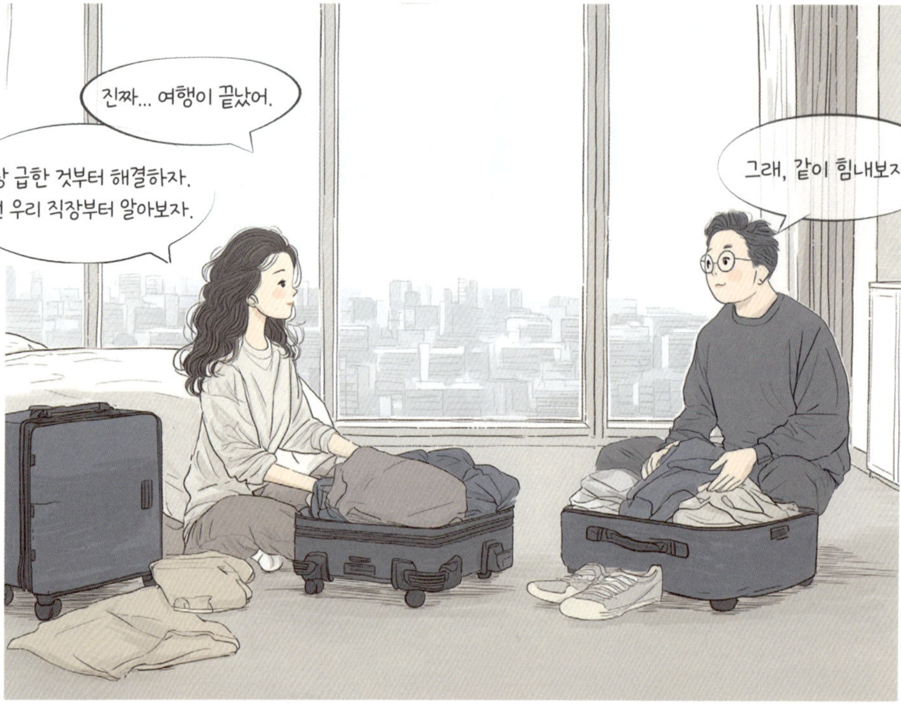

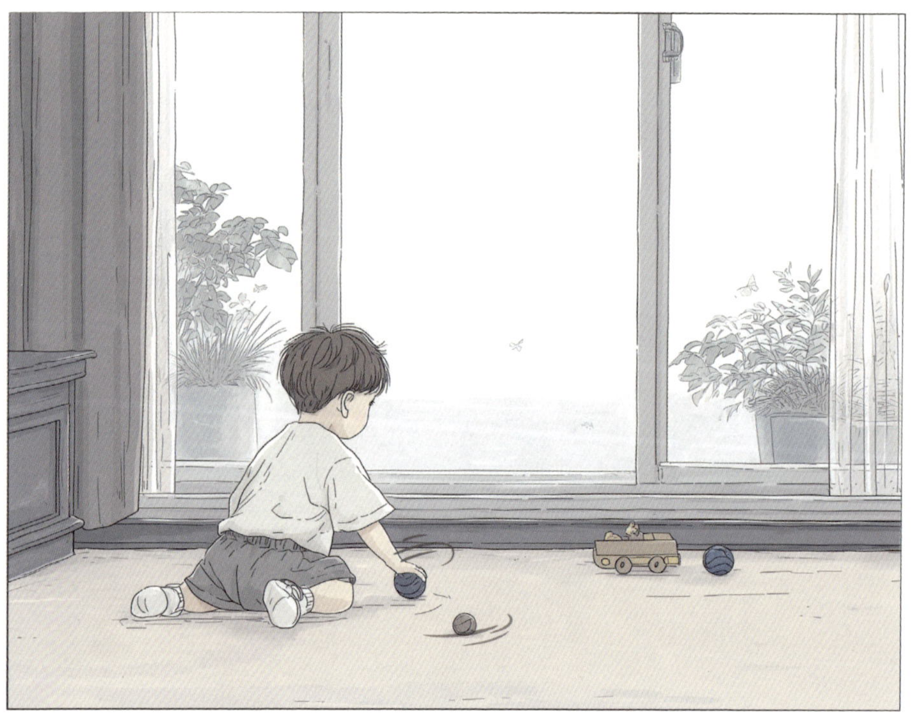
진짜... 여행이 끝났어.
가장 급한 것부터 해결하자.
우선 우리 직장부터 알아보자.
그래, 같이 힘내보자!

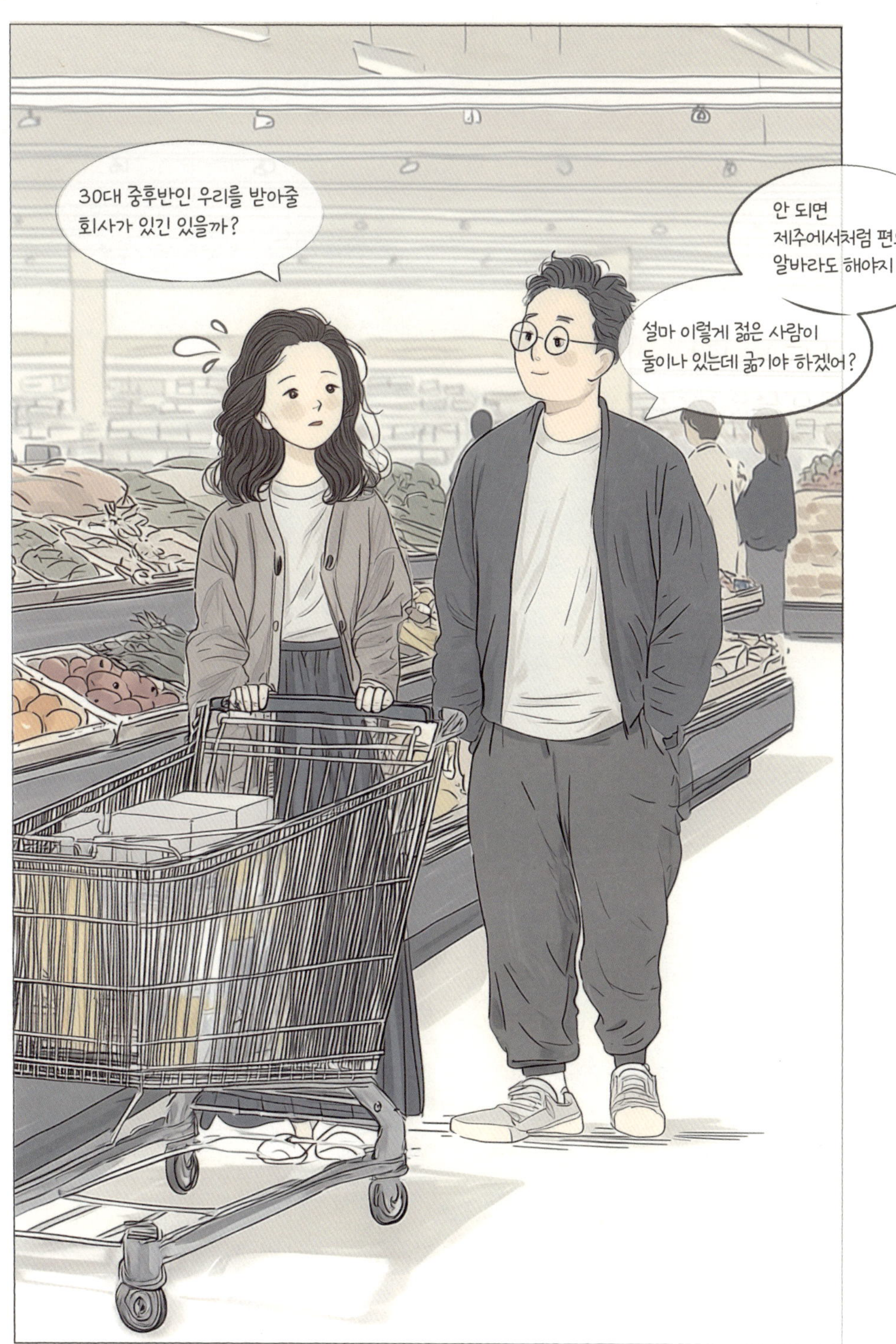

30대 중후반인 우리를 받아줄
회사가 있긴 있을까?

안 되면
제주에서처럼 편의점
알바라도 해야지!

설마 이렇게 젊은 사람이
둘이나 있는데 굶기야 하겠어?

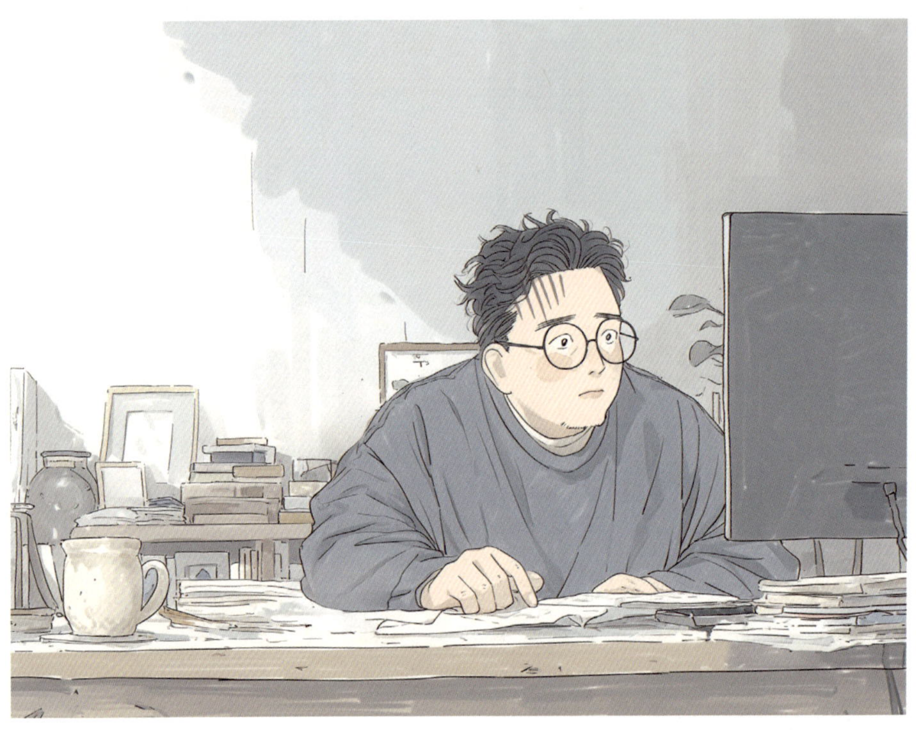

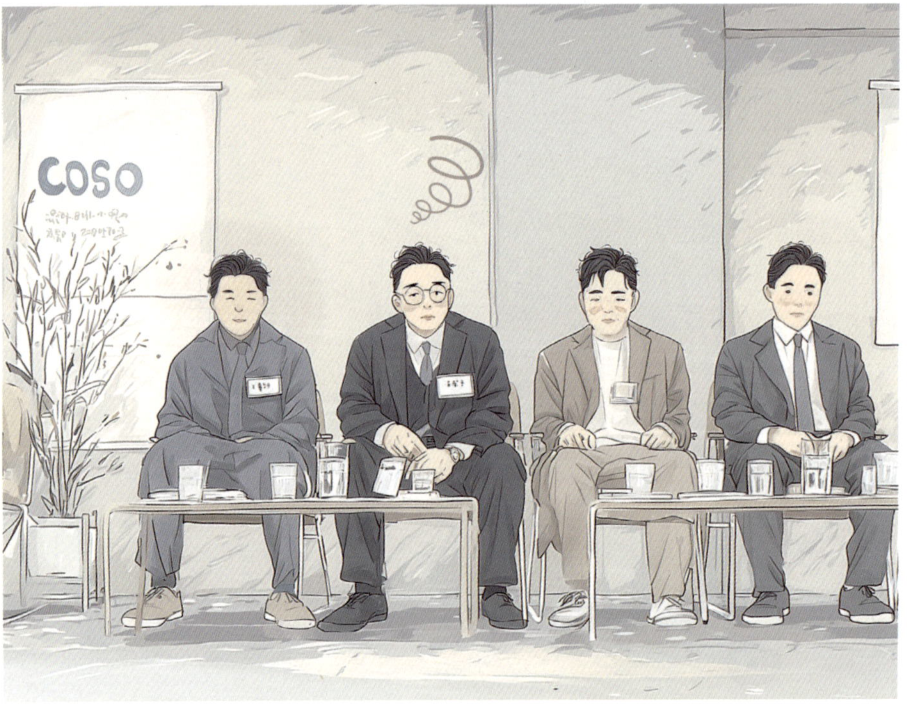

COSO

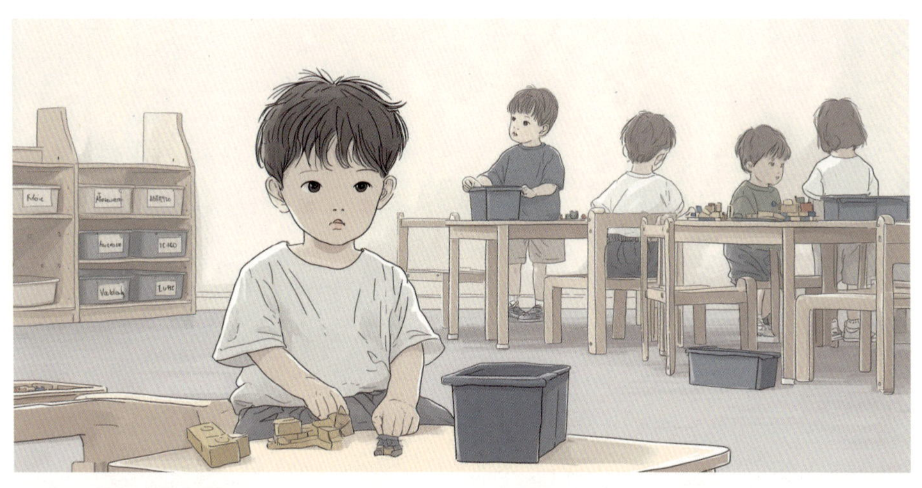
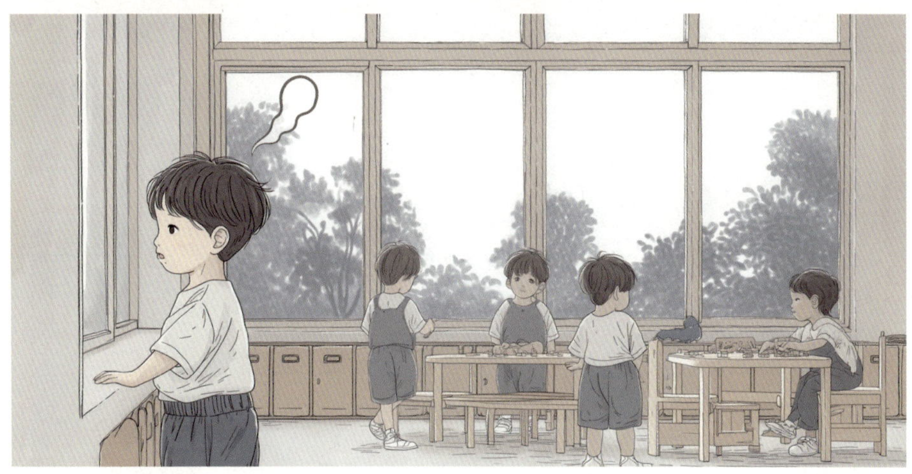

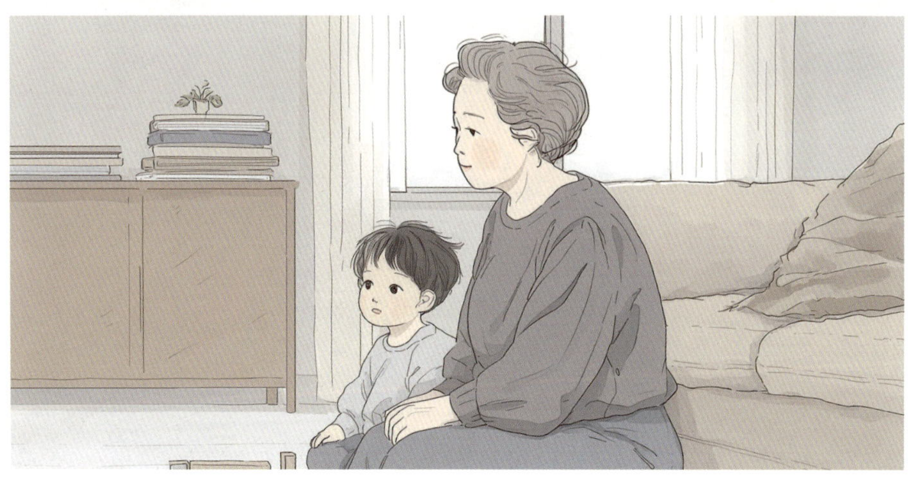

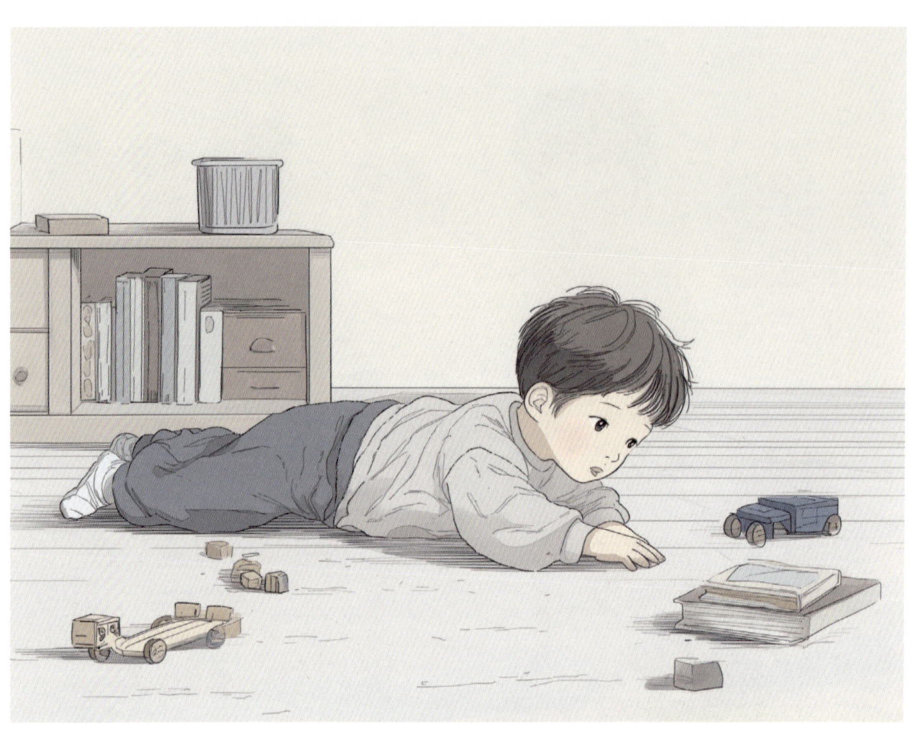

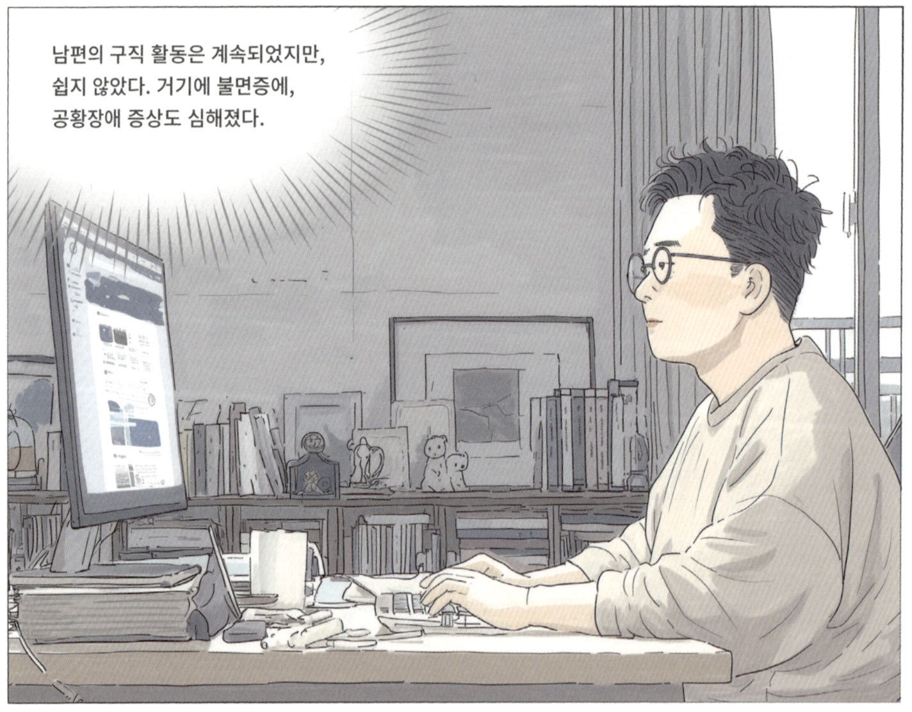

남편의 구직 활동은 계속되었지만,
쉽지 않았다. 거기에 불면증에,
공황장애 증상도 심해졌다.

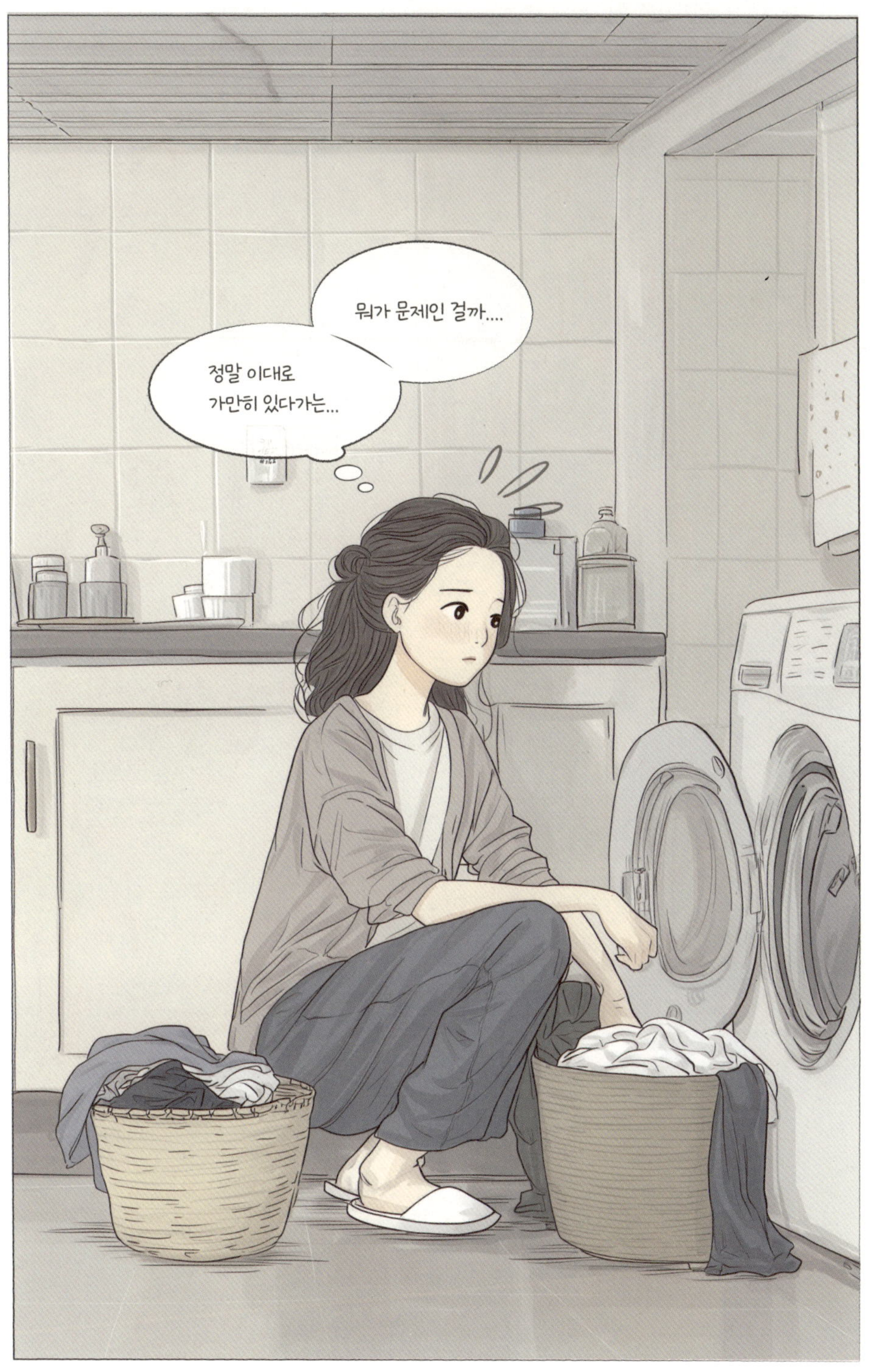

뭐가 문제인 걸까....
정말 이대로
가만히 있다가는...

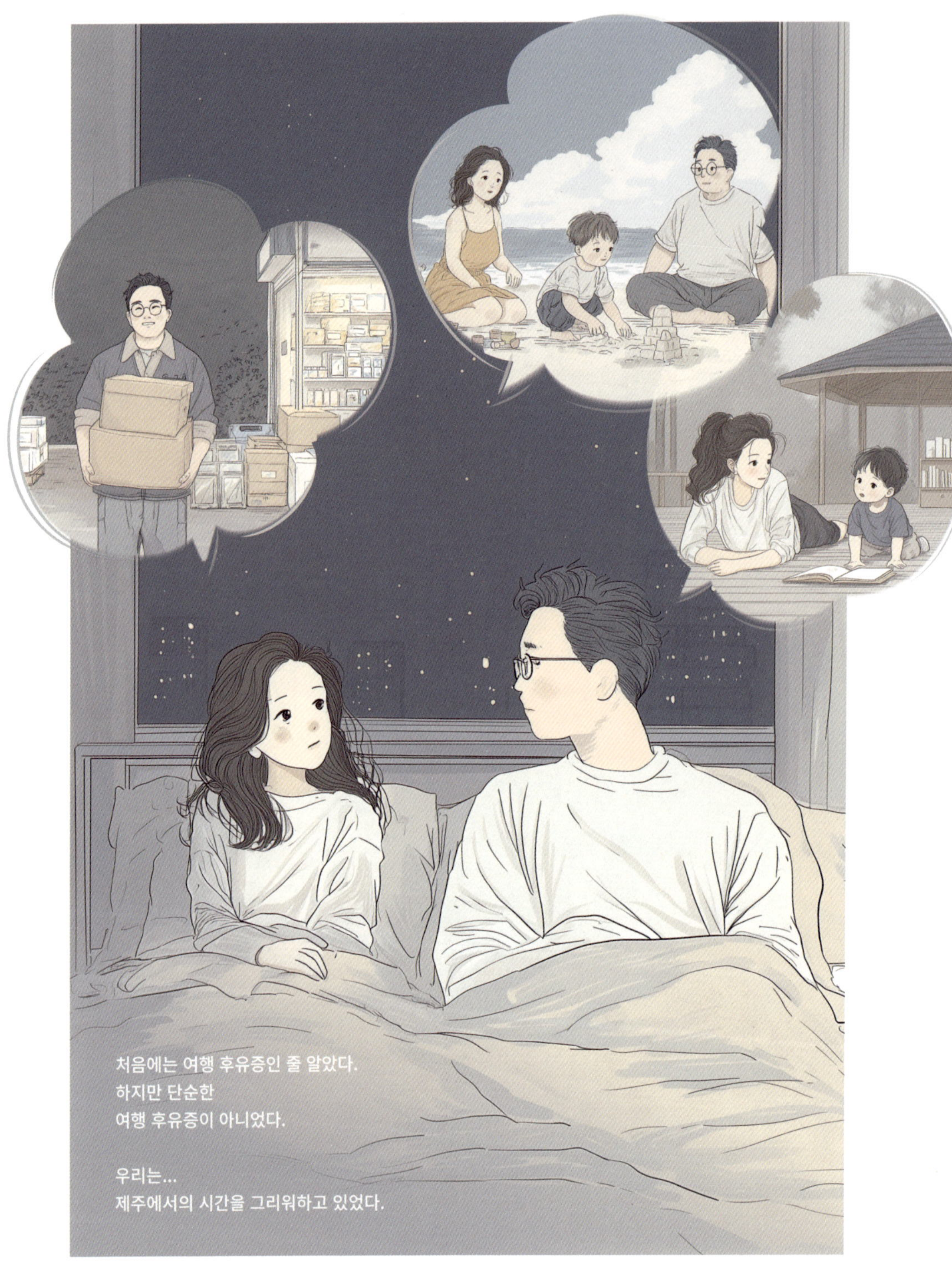
처음에는 여행 후유증인 줄 알았다.
하지만 단순한
여행 후유증이 아니었다.

우리는...
제주에서의 시간을 그리워하고 있었다.

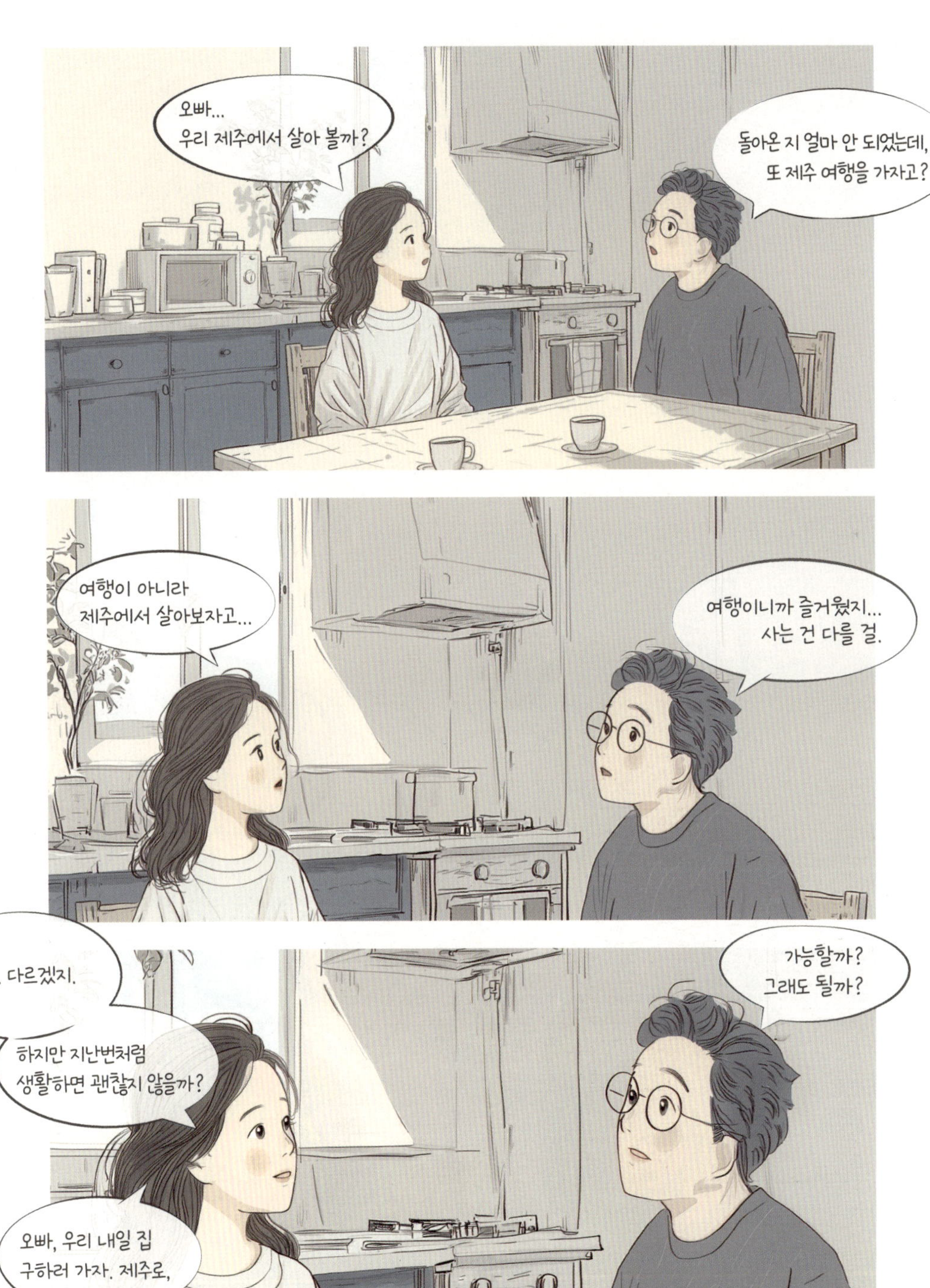

오빠...
우리 제주에서 살아 볼까?
돌아온 지 얼마 안 되었는데,
또 제주 여행을 가자고?
여행이 아니라
제주에서 살아보자고...
여행이니까 즐거웠지...
사는 건 다를 걸.
물론... 다르겠지.
하지만 지난번처럼
생활하면 괜찮지 않을까?
가능할까?
그래도 될까?
오빠, 우리 내일 집
구하러 가자. 제주로,

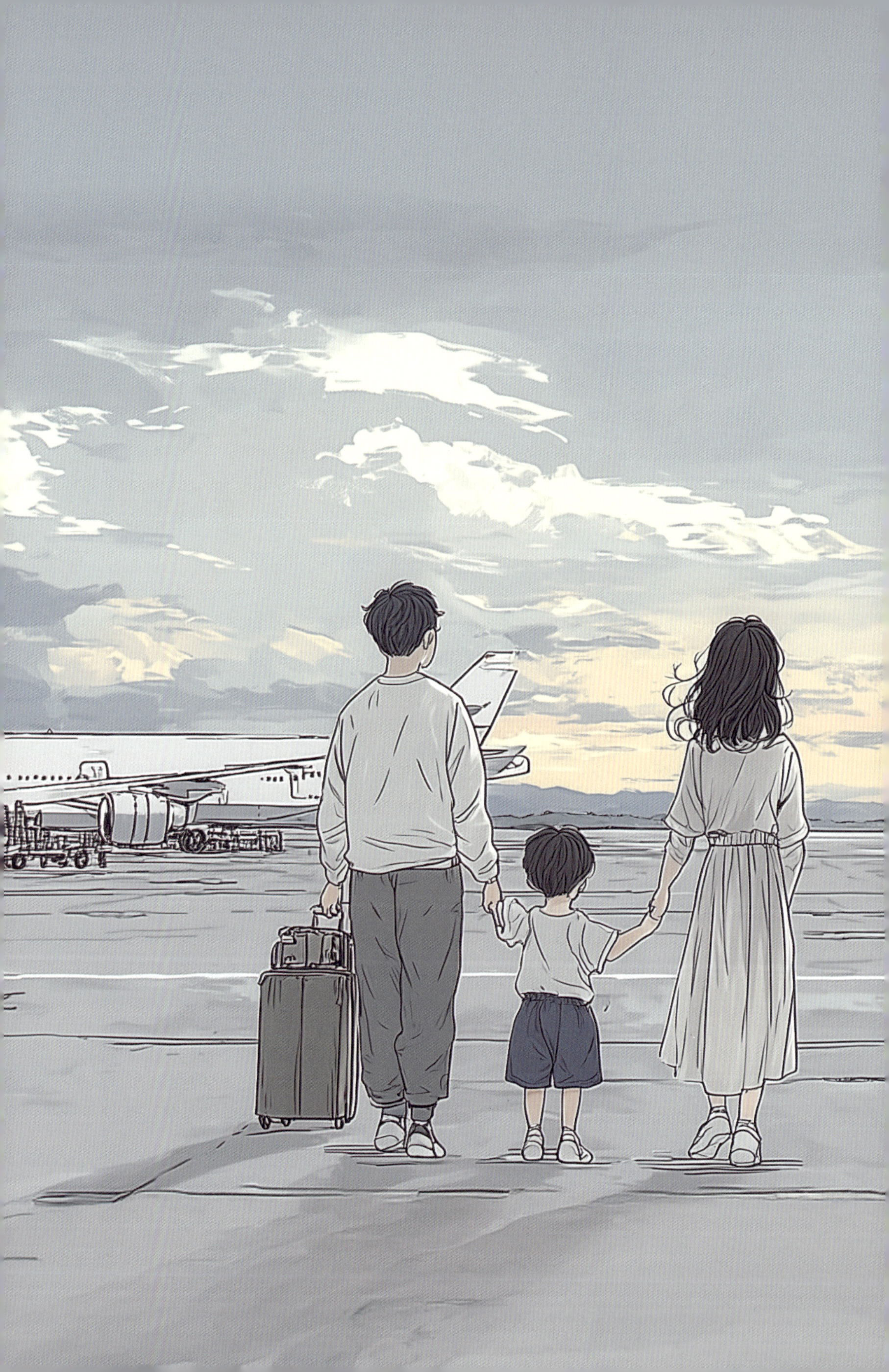

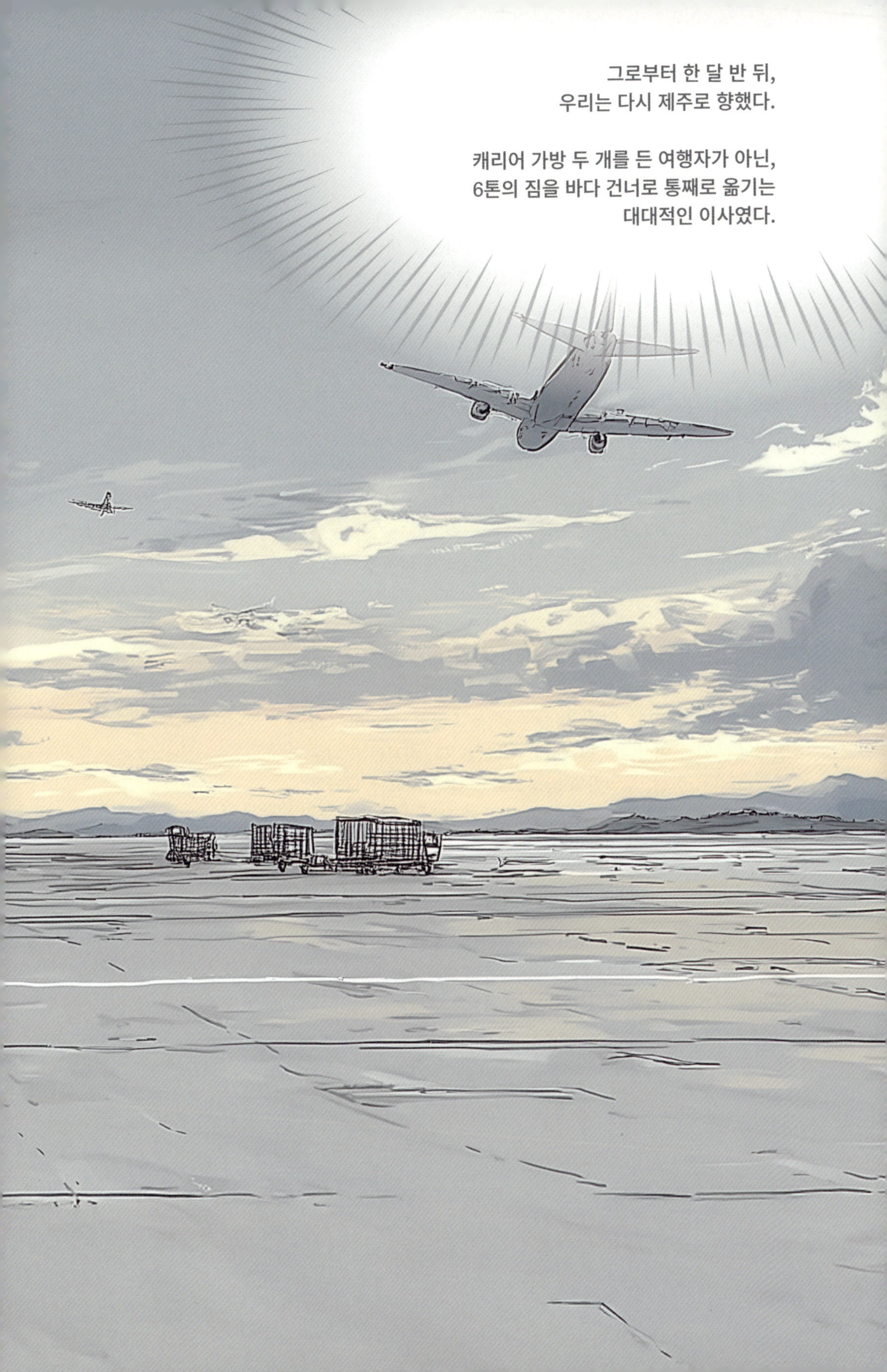

그로부터 한 달 반 뒤,
우리는 다시 제주로 향했다.

캐리어 가방 두 개를 든 여행자가 아닌,
6톤의 짐을 바다 건너로 통째로 옮기는
대대적인 이사였다.

작가의 말

16년 동안 교육자로 살아오며 수많은 아이들을 만나왔지만, 정작 내 아이를 키우는 일은 언제나 낯설고 예측할 수 없는 모험이었습니다. 남편의 건강 문제까지 겹치자, 우리 가족은 어느새 삶의 벼랑 끝에 서 있었습니다. 그때 조용히 다짐했습니다.

**"모든 걸 잠시 내려놓고,
조금은 다르게 살아보자."**

그렇게 떠난 제주의 백일살이는 우리 삶의 속도를 되돌아보는 시간이 되었습니다. 바쁜 일상에서 한 발 벗어나자, 예민하던 아이는 천천히 웃음을 되찾았고, 남편의 얼굴에도 따뜻한 햇살이 비치기 시작했습니다. 그리고 저는 깨달았습니다.

행복은, 정답이 아니라 속도의 문제일지도 모른다는 걸.

백일살이가 끝나고 다시 일상으로 돌아왔을 때, 여전히 현실의 고민은 어김없이 반복되고 있었습니다. 하지만 그때는 달랐습니다. 이젠, 우리만의 방식으로 삶을 설계해볼 용기가 있었습니다. 우리는 머뭇거림 없이 다시 제주를 향해 발걸음을 옮겼습니다.

이 책은 그 여정의 일부를 담고 있습니다. 지금, 삶의 속도를 잠시 멈추고 싶은 누군가에게 작지만 따뜻한 불씨 한 점이 되기를 바랍니다. 그리고 혹시 그 다음 이야기가 궁금하다면, 「언터치 육아」에서 이어지는 우리 가족의 새로운 삶도 만나 보세요.

작가 소개

김희영 「언터치 육아」의 저자

16년간 교육 현장에서 아이들을 가르치며 살아오다,
가족과 함께 제주로 건너가 새로운 길을 선택했습니다.

현재는 온라인 인플루언서로 활동하며,
느리지만 단단한 삶을 기록하고 있습니다.

각자의 속도로 살아가는 모든 이들에게
잠시 멈춰 숨 고를 용기가 함께하길 바랍니다.

ⓞ 인스타그램: 달콤북스 @dalkom_books

류정희

일상의 장면 속에서 서사를 발견하고,
그 이야기를 시각적으로 확장하는 작업을 지속해왔습니다.
20년 동안 사진과 이미지 작업을 해오며,
시선이 담긴 한 장면의 힘을 믿어왔어요.
이번 책에서 그 경험을 바탕으로,
글과 어우러지는 그림 작업에 참여했습니다.
이야기의 감정과 흐름이 그림을 통해
조금 더 다정하게 전해지길 바랍니다.

ⓞ 인스타그램: 바이올렛 드림노트 @violetdreamnotes